筆花

張騰蛟散文選
1973～2010

作者近四十年來的散文代表作，一次完整收錄。

張騰蛟｜著
Zhang Teng Jiao

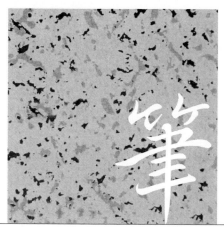

為甚麼要出這本書

張騰蛟

我是一個現代詩的追求者和現代散文的熱愛者。在期程上，詩齡長於文齡；創作上，文量多於詩量。在我的文學生命將要枯萎的時候，為甚麼還要出版這樣的一本散文集，理由大約有以下數端：

一、九年之前出版了《結交一塊山野》後，偶爾還有新作發表，深怕這些零章散篇流失，我急於為它們找一個落腳的地方。讓它們有一段較為穩定的餘生。

二、四十年來，斷斷續續出版了十幾個散文集子，內容都是與大地風貌、山野景致以及人文探觸和人物描述為主，一些不屬於前述範疇的作品，就沒有機會進入集子裡去安度晚年，我必須要替它們營造一個長久居住的窩。

三、半世紀的筆墨，百萬字的抒發，有幸有七篇短文被高明的識者看中，讓它們得以走進兩岸三地多種版本的國文課本中。平凡如我，不才如我，蒙此榮寵，備感鼓舞。也有人認為，這是一個作者可貴而又難得的收穫，因此，親朋故舊或是文壇好友，迭有「為甚麼不把它們集中在一起給我們看看」的表示，我也認為此議可取，而且正是適當的時候——因為今後再也無此筆力無此幸運的機會了。

四、除了前述七文，另外也有幾篇自己較為喜歡並且被選入兩岸重要選集或專輯的，我也請了進來，讓它們和其他的文姐文妹文兄文弟們，齊聚一堂，共享歡樂。

基於以上的說明，乃堅定了我的出版決心；也促成了我的編輯腹案：

內容概分三卷及附錄：

卷一・未入專集的新舊散章計廿一篇。

卷二・課文作品七篇，及其出處、流傳和評介。

卷三・自己較為偏愛的散文十篇，及其出處和流傳。

附錄：

一、非抒情的、資料性的，覺得還有一點「工具」功能和保留價值的雜文三篇。

二、張騰蛟著作書目。

（從內容來看，此書有半選集的性質）

此外，再作以下的幾點說明：

一、詩，讓我排發悶氣；散文，多半是幫我舒暢心情，因此，我的散文裡會有詠讚的聲音緩緩流動，褒譽的氣韻處處波湧。即使有一些些的斥責，也是出於善意和愛心。

二、作品長者高達五千，短者只有三百，字數上相差懸殊，但是為文動機和表達效果則相去不遠。

三、在內容上，或許有少量重複的地方，但不傷害文意。例如〈古藝品詠〉的兩題，在〈閃爍在時間之流裡〉也曾出現，此係一物兩寫，筆法不同，風格亦異。其他如「根鬚」、「陽光」、「漁人」等亦是。

四、對「山」著墨較多，只因它在我的生活中所占的地位很重，每有所感，即想成篇。它太豐富，百寫不厭。

五、對課本七文的評介，只採編選者所寫的，課本上所載的，一般的評論文字，未列〈教師手冊中有若干篇〉。

六、作為一個現代詩和現代散文的兩棲者，我只想抽取一點詩的養分去健壯散文的體質，至於散文詩與詩散文如何界別如何分割，不去介入，也不想思考。

落籍文壇五十多載，就散文來說，多次入選年度散文選，先後又入選《聯副三十年文學大系》、大陸出版的《台灣散文選》、《台灣散文鑑賞辭典》、《台灣散文選萃》、《台灣名家散文選讀》、《台灣散文名篇欣賞》、《經典美文三百家》、《中國著名美文背誦百篇》、以及季羨林編的《百年美文》和聶華苓編的《台灣百年散文大系》，我心足矣！時常有人為我未能進入此地的甚麼大系表示遺憾，我想，以上諸選，或可稍慰朋友們的關心！

寫了大半輩子的文章，聆聽過掌聲，也享受過榮耀。不過，總是也有一些愧對社會的感覺：

遭踏了多少寶貴的筆墨！
傷害了多少讀者的眼睛！
增加了多少學童的負擔！
浪費了多少的社會資源！………

至於為書取名「筆花」，其意念來自我的一本散文集《綠野飛花》，以及香港的一本文學刊物《字花》，千萬不要與「妙筆」二字聯想。

本書之成，得力於老友詩人、兒童文學家林煥彰兄的鼓勵與協助，以及現代出版科技前驅「秀威公司」相關人士的熱心支持。

民國九十九年六月二十二日

目次

卷二

卷三

讓文字飛舞——淺吟十章

附錄

卷一

老枝嫩葉——散篇二十一

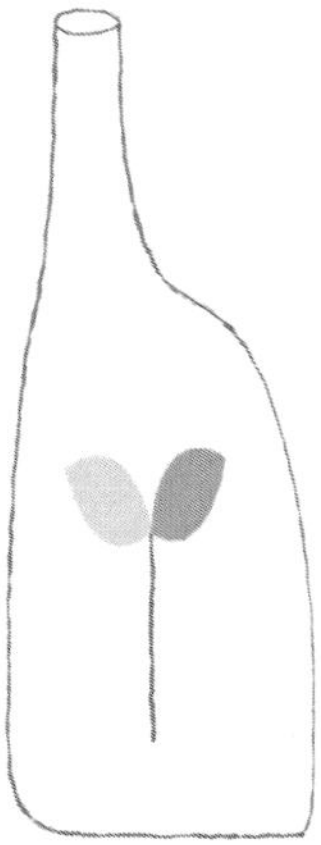

館中悠遊

我很饑餓，所以常來此地覓食。

書的大族群

因為這是我最願意接近的地方，所以，每次來此，都是一如今日，以急促的步子，快速的走了進來。

一眼就看見那沒邊沒岸的書了，喜悅立即驅走了路途中的辛勞。這是一種興奮的投入，一走進這龐大的屋宇，所有的塵俗瑣事，以及與書無關的思思想想，完全排拒在大門之外，讓它們在中山南路上，耐心的徘徊等待。

各種身分、各種性格、各種風貌的書們，在各種不同的地方，一行行一列列，一堆堆一簇簇的群聚著，有的站立，有的坐臥，有的依依偎偎，有的靠靠貼貼。睜著它們那睿智的眼睛，張著它們那敏銳的耳朵，耐著時光，等待人們的光臨和接近。書們一定知道，如何以最好的營養去飼餵那些饑渴的心靈，是它們天賦的職責。

面對進進出出的知識的追求者，這些可愛復可敬的書們，是一種高貴的奉獻，是一種無怨的坦陳，它們，擺好了架勢，你要一字給你一字，你要一行給你一行，你要一本就給你一本。你喜歡咀嚼，就讓你咀嚼，你喜歡快吞，就讓你快吞，絕不吝嗇。

書們，東西南北的來到這種，不同的文字，不同的版本，不同的背景，甚至是不同的故鄉，為了一個目的，就這樣親親和和的聚居著，好一個書的大族群。

如此浩繁的書的大族群，如果用書叢、書林或是書山、書海來形容，是形容不了的，我的感覺裡，這是一個既可迤邐又可汪洋的，廣大無比的，書的世界。

姿勢種種

嗜書善讀的人群，一批批一波波的湧了進來。

這些知識的饑渴者，學問的追求者，或者是消閒的尋覓者，一進大門，便把他們那銳利的視線，或剛或柔的伸觸著，遇有所欲和所需，即抓住分秒，猛猛的啃噬。從他們的表情上看得出來，這實在是一種聰穎的探索，智慧的盯視，以及既細緻又豪邁的吸納，而那些書本們，那些雜誌們，那些報紙們，也就忠忠誠誠慷慷慨慨的，作了毫不保留的付出。我看到有些敦實的學子，中午都不出去，真是「忘食」了。也有的人，自上午一直熬到晚上，除了抽空急速的去樓下用餐外，幾乎整天都在此地，我想，如果夜間也開放的話，難道他們就不回家了嗎，果真那樣，也就進入到「廢寢」的境界了。書，的確是很黏人的。

有人借到一些珍貴的老書，到手之後，竟真的用鼻子去嗅一嗅冊頁之間散發出來的那種歷史氣味。當然，也會用手去觸摸觸摸，藉以體會書中文字蠕動的感覺。

許多人一定和我一樣，因為饑餓，所以常常來此覓食。我清楚的看到，有些人肚子空空的進來，在幾度吞嚥之後，吃得飽飽的走了出去，臉上的表情，是舒暢與滿足。

圖書館，實在是最適於人類佇留的地方，在這裡，不必付出代價，就可以有高值的收穫，我恨不得經常就住在這裡，或者，在自己的家裡放置一個小型的圖書館，把我的整個生活放到裡面。這樣，我就成為書的知己，而書也就成為我更親密的友朋，或者是自家人了。

那些名字

書是人類智慧的精華，是許多有能力寫書或是為文的人，蘸著寶貴的心血，一個字一個字寫出來的。在這裡，那些著書立說的人，不論是文學還是科學，不管是天文還是地理，不管是宗教還是人生，以及其他的各行各門，他們的名字，都像星顆一般的亮麗著、閃爍著。甚至以高大的身影昂然的站立著。我想，這個世界上，許多的英雄豪傑，他們的名字自然是光輝燦爛，而這些沉沉默默，伏案書寫者的名字，也是另一種的輝煌。

這數也數不完的名字裡，有些還正趴在他們的書桌上，嘔他們的心，瀝他們的血；而有很多很多的人，已經離開了這個世界，他們，不論是古代的還是近代的，不論是西洋的還是東方的，都曾經在他們所生長的土地上，甚至是其外的異邦異地裡播種過，奉獻過，他們，像春蠶吐絲那樣，在長長的歲月裡，把他們的所學所知，完全吐光。然後，將肉體生命找個地方躺下，或者是讓它隨風隨水而去，把精神生命留給了人間，當作一種可貴的營養，透過千千萬萬條的閱讀管道，一點一滴的，輸進了若干人的心地間，也輸進了人類大社會的脈管裡。

我是一個靠書維持精神生活的人，所以，我衷心敬重這裡的每一個名字。當然，浩繁無比的圖書館章頁裡，還閃爍著更多更多的名字，他們，都是各個時代各個領域中的佼佼者，這自然也是我敬重尊崇的對象。

芳香的泛溢

圖書館是一個高大的存在，是一種深邃的蓄容，這麼多的書報雜誌所冒發出來的書香卷氣，豈是這幢巍巍大廈所能存納的，因此，這種濃濃的書香，在大廈之內的每一空間裡迴旋湧蕩之後，便自任何一個可以通行的地方，一圈圈一波波地泛溢了出去，泛溢到門外，也泛溢到大街，甚至更遠的地方。我每次來此，老遠老遠就嗅聞到那種的味道，也會看到書香泛溢的實景，那種流淌的姿態，雖然比不上江河的滾滾，但卻有如春霧的漫漫。

每次離開的時候也是如此，已經把書本拋在身後出得門來了，而大門外仍是書香陣陣著，我就常常擁著這種氣息，抵達我歸途中的第一個驛站。

不遠處的重慶南路上，也是一個書香湧泛的地方，即使沒有那麼厚重那麼香純，而它的流淌姿勢也很勁力。感覺上甚至目視裡，兩個地方的書香浪波，泛呀泛地，常常會泛在一起了。因此可以說，這兩個地方之間，似乎是有一條書香的渠道在相連著。

書，的確是值得敬重的，像是今夜，閱覽人統統回到他們的寢睡裡之後，這些書卷和簿冊，以及那些窩在另一個天地裡的微縮影片，一段短暫的小寐後，就要打起精神，擺好姿勢，早早的準備一個新的明天。在這新的一天裡，繼續為閱讀大眾付出，並繼續散發它們的芳香。

（八十五年十月十六日《中央副刊》，後選入《中副八十五年散文精選》，復又選入《中副五十年精選》散文卷七）

農者與工者

如果給我一塊土地，我也無力耕耘播種！
如果給我一些工具，我也不會砌屋造樓！
如果給我……

1

我是不識農事的一書生，但是天天會想到農景農事，時時都充滿著農情農意。特別是對那些憨厚正直辛勤勞作的農夫農婦，更是崇敬異常、感念不已。因為，是他們，種植米穀蔬果給我們來吃；是他們，飼養雞鴨禽畜供我們享用。人生裡，吃是最大的必需，他們是這一必需的奉獻者。

關於農人，我是常常看見他們的；我可以從一粒米上看到他們，從一個果子上看到他們，或者是，從一個訊息上看到他們。當然，我也可以親身在肥壯的田畝上看到他們。

我看到，那健壯得有如尊尊銅像的農夫們，握著他們的農具前往田間，一如戰士們握著他們的槍枝赴戰。那是有些雄赳赳氣昂昂味道的。進得田來，泥土與禾稼便成為他們交情至深的親朋。他們那粗糙有力的大手掌，總是不時的探觸著心愛的泥土，不時的操作著忠誠的機具，不時的以育嬰般的心情來培育著種種的嬰苗，不時的以母親般的胸懷撫慰著種種的穗朵和花束。

我看到，圓圓亮亮的汗珠，自每一個農夫的臉頰上流滴下來，自他們的腿臂上流滴下來，也從他們的脊背上流滴下來。這實在是一種最莊重的流滴，那清晰的流姿與滴勢，以及那行行條條的汗痕和汗跡，是不是有一些詩的樣子！而且是，既現代又古典，並帶有濃濃芳香的那種詩。地面上，則有些邊稜完整的大腳印，一個一個的，深深的踏印在鬆軟的泥土裡，該是一種藝術了罷，而且是，印象派或是寫實派的那種藝術。

而那溫馴的泥土和忠良的田地，也就感應著農夫們的親情與犧牲，一畦畦、一畝畝、一季季的，作著無私的回報，並以之營養我們的生活，豐富我們的生命。

不過，土地雖然忠勤，卻也不一定年年都是如此。有時候說不定會碰上澇季。農人們焦灼的心情、無助的眼神，愁瞧著心愛的土地在滾滾洪流中一寸寸、一尺尺的流失，像是流失著自己的肌膚。洪氾過後，又得一筐筐、一撮撮的，把失掉的泥土找回來。雖然難復舊觀，但總是冀望它再為他們繼續生長一些甚麼。

乾旱的時候，眼看著莊稼們那難熬的饑渴，耳聞著他們那痛苦的呻吟，自己的心也乾旱了起了，也龜裂了起來。幸運的時候，或許還可以自別的地方，涓涓滴滴引進些許的水，乳汁般的，飼餵一下那些垂死的生命。否則，就要眼看著這些一手培育的禾株，痛苦的倒了下去。而農人們自己，面對這種情景，也很難挺直自己的身子。

除此之外，還有颱風，還有蟲害，還有種種的病變，作為主人的耕者們，都要拚著老命一一的應付。由此看來，任何的一季收成，都不是容易的。我們的盤中之飧啊！的確是「粒粒皆辛苦」。

天天塵垢，日日汗濕，農者的日子的確是苦了一些，可是，收穫的喜悅和功成的溫馨會掩蓋一切。因此，他們樂於以青壯的生命，在廣袤的阡陌間，哼唱他們的生命之歌。

我是常常讚美農人的，我甚至說他們是最好的數學家，他們不用公式、不用儀器，卻能夠測得出饑餓的重量，測得出種子們走進泥土裡的深度，以及，測得出禾苗與穀倉間的距離。而我卻，測不出他們的臉龐上，到底有幾條老皺，以及，有多寬多深？

我甚至把他們看成是神，因為，他們可以把荒野變成良田；可以把一座山放在手裡，像雕刻象牙那樣，雕出一些畦畝來。然後，就支使著這些田地與畦畝，生這生那，產這產那。而這一切的一切，都是我所辦不到的。

2

眼看著一幢幢、一堆堆的樓廈竄冒了出來，眼看著一段段、一條條的道路鋪展了起來，眼看著一座座、一列列的大橋誕生了下來。以及那些大壩，那些大隧，那些大堤，那些名目繁多的大工程、大建設，便會想到砂石，想到水泥，想到鋼鐵，想到那些設計者、規劃者，以及那些最最辛苦的勞動者。特別是那些構樓築廈的工人們，便是最容易想到、念到的。因為，他們距離我們很近，他們就在我們的生活裡，甚至就在我們的身邊。

像目視攜帶著農具的耕者趕赴田畝那般，我也常常看到一些勤奮的工者，急急地奔向工地。然後，在腰間的皮帶上，繫滿了刀鉗鑽鑿，踏著初成的樓板或是簡單的電梯，在某些樓房的部位上找到自己應該據守的位置，開始他們辛勞而又帶些危險的造樓工作。他們，用紮實的工作，把每一個分秒都充實得飽飽盈盈、豐豐滿滿。大千社會裡，小人物們這種傲然的站立，是在把珍貴的勞動力和生命力，一點點的往空中昇華。也是把他們的技巧、智慧與膽識，推到空中去展示。一座樓或是一座城，都是這樣而來的。

當走在一條條被高樓夾扁了的街道上，舉首昂視時，便會發現那些高樓們往上拔竄的氣勢。心想，再高一點，就可以與雲握手了；再高一點，就可以跟虹挽臂了；再高一點啊！就可以把你手中的盞盞燈火撒進星群，讓它們，在浩瀚的天河裡，同泅同泳、共閃共爍。而在此時又想到的是，這樣的高樓，鷹架是怎麼架上去的？起重機是怎麼卸下來的？高高的避雷針，又是怎麼裝上去的？可是，這一切的一切，都已經在工者們的巧手裡，圓滿的完成了。更感動人的是，走在這樣的路段上，除了上面的一線天空外，觸目的高牆巨壁、腳踏的平坦路面，沒有任何的一寸，不是出自工者的手中。

我們的鄉莊裡，我們的都城中，一座座的樓、一叢叢的樓、一群群的樓，能夠在地層的深處紮根，然後，筍芽般地，自地面上忽忽的冒出，接著，一尺尺的成長、一節節的肥壯，直至巍巍然矗兀而立，這段歷程是曲折而艱辛的。不管是用磚砌還是用漿灌，或者是用鋼架撐，甚至是動用了挖土機、堆土機、起重機和甚麼機，都脫離不開工者們的那雙手，都脫離不開工者們的心血和汗水。對於工者來說，和砂拌石、砌磚築壁，讓一些些的樓廈屋宇連連的誕生，這就是他們的生活。就這樣，日復一日的，把他們的心血和生命，都融進了一批批的建物中，成為那裡面的血脈、髓汁和骨架。一個工作了幾十年的工者，自他的手裡流出去的砂石，該是一座小山了罷！流出去的水泥，該有半個泥礦了罷！至於經他雙手觸握過的鋼筋或建材，也該有幾個千百噸了罷！此外，還有汗水泥，匯集起來應該有一段水溪或是一個小塘那麼多了罷！

我們的生活裡，有不少的造樓者，每天都奔波於工地和家庭之間。我有一個搬來不久的近鄰，就是一個站在高樓鷹架上過生活的人，每天一早就出去打拚，日落之後或是更晚的時候，才帶著一天的疲憊和滿身的塵垢，回來會見他心愛的妻小。一家大小五口，全靠他那雙造樓的手來養活，日子有些苦，但是卻清純。對於他來說，身為一個造樓者，卻不一定能擁有一方樓室，不過，能有這樣的一處租屋，算是不錯了。那些自外地來此以打工謀生的人——包括那些來自異邦、異城的，有若干人是棲身在簡陋的工寮或是樓架的底層裡，用簡單的衣李和簡易的炊具，過著一串串平平凡凡的日子。並且要隨著新大樓的完成和另外一處工程的開始，作逐樓而工、逐地而居的流浪。所以，有人說他們是都市叢林裡的遊牧民族。

這個世界上，如果抽掉了樓房、道路、橋梁和壩堤，以及其他的許多大建大設，不知道會空洞成什麼樣子？也不知道會原始到什麼程度？

（八十六年七月十四日《中央副刊》名家散文精品大展）

城居小記

觀樓

我的辦公室是設在臺北火車站附近一座十幾層大樓的第十四層。樓的牆壁是用大塊的玻璃砌成，因此，視線一無遮攔，樓外的景物清晰可見。

這些浩雜豐繁的景物中，觸目最多的，要算是密密集集的樓房了。它們，以各種不同的姿勢，在我的樓外擁簇著，一直擁簇到老遠老遠，甚至，直到目力難及的山邊。

在人類的生活領域裏，樓房是社會財富的代表，是生活境界的象徵。樓房的成長與健壯，具有深長的意義。基於這個理由，我便成為一個喜歡觀賞樓姿樓貌的人，也是一個極為關心樓房生態的人。更特別的是，我喜歡看新樓、喜歡看高樓、喜歡看大樓。在我的心意中，巴不得我們這塊土地上天天都有一些新樓自地層下面竄冒出來，而且，越高越好，越大越好。這樣，會顯示我們這是一塊有營養的土地。

我這廣闊的視野裏，就不斷的有這種情景出現。其中，早先已經矗立起來的高樓，有二十六七層的臺電和國泰，三十四層的世貿，以及不遠處的二十層的中興紡織。連棟的臺大醫院新廈雖然只有十五層，但是卻相當巍峨。

不久之前，忠孝東路一段上的凱撒大廈又已竣工，樓高二十五層，淺灰色外體，氣勢也是不凡。

正在興建中的大樓還有好幾座，其中最高的是敦化南路上一座不知道它名字的高樓。三十八層高的柿黃色鋼架早已經聳挺了起來，如今正在生長肌肉中。完成之後，將是臺北市最高大的樓王，也是最耐看的一處樓景。

另外，西南邊陲也有一座大樓正在往空中挺拔，到底有多少層，尚難預知。報紙上說某一紡織集團正在這個地方建築一座四十五層的大樓，莫非就是了。如果真是如此，接著將會出現新的樓王。

住在這樣的高樓上，案牘勞形之餘，抽個三兩分鐘看看那些體軀高大，而且骨骼硬朗、肌肉堅實、血脈壯活的大樓；看看我們這大地之上的力的矗兀、智的躍昇，也是一樁樂事；甚至，是一樁值得驕傲的事。當然，比起先進國家的一些大都市來，我們的樓是不夠高的，可是，比起我們的從前，應該是值得欣喜的。

不過，就在距離幾十公尺之外的地方正在興建一座新的大樓，看樣子，可能也是二三十層的個兒。大樓完成後，勢必要影響我的部分視線，使我的生活裏少掉了一方美麗的樓景。然而，這幾乎是無法避免的事情，此種類型的高樓，遲早都會長遍全城的，到那時，要想在十四樓上鳥瞰或平視市貌，那是不可能的事情。要看，就要到三十層或是四五十層以上的樓上去看罷！

如果到了那種境界時，像我現在寄身辦公的這座大樓，它的身高也只能算是泛泛之輩了，甚至，被夾在許多的摩天大樓中間，成為現代樓族中的侏儒了。

望廈

一街之隔的不遠處，就是新落成的臺北火車站大廈。大廈實在是夠大的，大得令人驚訝、令人讚歎、令人驕傲。從前也在某些外邦裏看過一些車站大廈，卻沒有看見大到這般程度的、這般氣魄的、這般宏偉的。

大廈落成之際，我也曾經鑽進它那巨大的肚腹裏去巡遊一番，那裏面，東南西北或是上上下下，有著若干的區隔、若干的劃分；每個區隔每個劃分各具意義、各具功能、各具風格。巡來巡去，遊來遊去，直覺得，這樣的一座大廈，有如一座巨大的宮城，簡略的巡遊是無法盡悉每一個角落裏的種種的。要看出究竟，勢必要彳亍許久。

如今，從我這十四樓的辦公室裏看過去，面對這樣的一簇巍峨、這樣的一堆矗兀，這樣的一塊殊異，立即會想到，這實在是一些金銀的堆砌、一些智慧的累積，以及，一些心血、一些汗水、一些毅力的凝聚交融。

事實上，我幾乎是看著這座大廈成長起來的，幾年之前，當鐵路地下化的名詞在此地被傳誦起來的時候；當古老的臺北車站迫不得已被忍痛拆除的時候；當高大的地樁被重噸位機械往地層下楔入的時候，我就知道，這個地方，將會有一個革命性的變化。果然不錯，如今，脫胎換骨的變了；豪邁、神奇、不留舊痕的變了。現在，有誰還能在此地尋得到一絲一點老車站的陳蹟和老車站的影子呢！

仍然記得，這座巨大車站的成長過程，是那樣的繁複、那樣的艱鉅、那樣的深不可測。有一陣子，在這塊土地上所能看到的，是堆堆的鋼筋、堆堆的水泥、堆堆的器材、堆堆的機具，怎麼看也看不出一個車站的雛形來。可是，到了後來，便漸漸的看到，堅牢的結構體節節的突昇了起來，大廈的輪廓也慢慢的浮現了出來。

就在這些鋼筋、這些水泥、這些器材、這些機器交互堆攤交互糾纏的時候，我會想到，那些工程師們、那些策劃者們，以及，那些特定技術的人員們，必然會日日夜夜時時刻刻的，在為他們的工作而苦思苦慮。他們，必須要思慮著，那一個問題要解決，那一個瓶頸要打通，那一個糾結要解開。

在若干個風天、雨天、熱天裏，我看到他們，如何與風周旋、如何和雨搏鬥，以及，如何跟燠熱的天氣相持相爭相抗衡。大廈，就是在這種繁複、艱困、辛勞的氣氛中，一砂一石的凝昇起來的；一寸一尺的成長起來的；一分一秒的爭取而來的。一座大建物的誕生，是何其的不易啊！甚至，不用說整座的大廈，就是舖舖屋頂上的瓦片，也不是容易的事情。三千多塊的巨大特製瓦片，一塊一塊的用大型的起重機吊上去，然後是銜接，然後是補縫，然後是上油上漆。又是幾個月漫長的艱困過程。

現在，這座巨廈已經成為我重要的主題窗景了。

追逐

我所容身的這座大樓裏，有公務機關、有民間企業、有證券行、有補習班，以及其他各種身分的人。

每一個辦公的日子裏，總是有洶湧的人潮上上下下進進出出。而大樓呀！就瞪著明亮的眼睛、張著巨大的嘴巴、鼓著飽實的肚腹、忙著吞納、忙著紓吐、忙著包容。

上上下下進進出出的人們，都是那般的神色急促，那般的步履匆匆。每個人的身上，都有著一副屬於自己的特定的追逐架勢，追逐著他們的所求所需。

那些從公的人所追逐的，是他們的職責、他們的使命、他們的主旨說明與擬辦；或者，是他們的自尊、他們的官位，以及，他們的公務品質。我常常看到他們，為了滿足一項追逐的企圖或要求，忙得早出晚歸，或者是廢寢忘食。我也常常看到他們，為了解開一個公務上的結，為了演算一道職責上的題，總是深皺著眉頭上下電梯。有誰會想到，這些結竟是這般的難算。我看到，一些資深的從公者們，竟然為了解這些結、算這些題，而很快的便華髮匆生。即使是那些青壯者們，也會被這些問題愁困出滿臉倦容。

那些商賈們所追逐的，是他們的企業利潤、是他們的經營業績，甚至，是他們的商業風險。這樣的目標，追逐起來自然也是夠勞累的、夠辛苦的、夠挑戰的。不過，在某些情況之下，那種追逐也是夠快樂夠得意的。例如，當商業喜訊頻傳的時候，當利潤數字暴升的時候，便是如此。是以，他們的臉頰上所浮現著的，有時是愁容，有時是笑意；有時是亦笑亦愁，或是亦愁亦笑。那情景，一如天空中晴雨兼現的曇。

證券投資者們所追逐的，無非是長紅、無非是漲停板，或是退而求其次的小紅與小漲。他們的神色更是急促，他們的步履更是匆匆，他們的表情更是多變化。尤其是當股市散場的時候，每一個臉龐都是一幅明亮的張貼、張貼著股市的漲跌與盛衰，或者其他的訊息其他的種種。甚至，光是從他們的笑聲或是嘆息中，就可以知道，今日的股情是如何如何。我是一個局外人，任何的漲跌都與我無關，而我卻總是希望，看著他們含著笑意談著笑語，愉愉悅悅的走下樓來，快快樂樂的去歡度午後的時光。

而補習班裏的那些青年學子們所追逐的，則是一份進步、一份成績、一個迫切的希望。我看到，絕大多數的他們，都是以一種莊嚴的神情，緊緊的盯視著他們的書本，希望從書本的身上，盯出一些意義來，盯出一些東西來。

他們，不論是當個學年的新考手，或是上一次考試中的落第人，都抱著摩拳擦掌之勢，打算在未來的一試中放手一戰。我知道，考試是非常辛苦的事，也是非常勞心的事，每當看到他們的時候，總是熱誠的期望並祝福著，在下一次的試榜上，能夠閃亮著他們的名字。

追逐，追逐，樓裏的追逐，樓外的追逐。人生呀！就是匆匆的追逐、忙忙的追逐、連連續續的追逐！

（七十九年三月七日《中央副刊》）

街景

1

各式各樣的銀行們，肥胖高大的巨獸一般，蹲坐在一些大馬路的兩側，張著吞吐順暢的大嘴巴，忽魯忽魯地，吞吐著一些人，也忽魯忽魯地，吞吐著一些票子。

一陣忽魯響起，一些人和一些票子被吞了進去；一陣忽魯響起，一些票子和一些人又被吐了出來。銀行，就如此這般的忽魯不停，如此這般的吞吐不停。就這樣，一些人不停地被吞進吐出，一些票子不停地被吐出之後又被吞進。

包括銀行的裏裏外外，便成了人的天地，也成了票子的天地，人，自然是形形色色，而票子們，則更是五花八門。

大大的保險櫃裏是票子，密密的抽屜裏是票子，深深的口袋裏也是票子。票子，票子，一個小小的票的世界。

在這裏，有許多票子飛飛飛舞舞著，有許多票子翻翻騰騰著，有許多票子湧湧動動著，也有許多票子靜靜寧寧著。

各式各樣的票子們，有的肥胖，有的瘦癟，有的昂揚，有的萎縮。票子們，有的是紅色，有的是黃色，有的是藍色，有的是白色，有的是黑色，也有的是無顏無色的。

票子們，有的狂笑，也有的呻吟，有的低語，有的哀號，也有的正在生癬生疥，也有的正在滴血淌膿。

票子們雖然是薄薄的一張或厚厚的一疊，但是，每一張票子的上面必然都浮著一個字，一個代表它來歷與身分的字，有的票子上面浮著一個賺字，有的上面浮著一個貪字，有的上面浮著一個省字，有的上面浮著一個搶字，還有的上面是浮著一個廉字或德字、罪字或恥字，不過，看來看去，還是要以賺字最多，而貪字也不少，其他的是時多時少，眼花撩亂中，難以數清。

2

舉目一看，滿眼是密密的鐵窗。大鐵窗，小鐵窗，粗鐵窗，細鐵窗，以及，直條的鐵窗，花紋的鐵窗。

鐵窗們，牢牢的把一些窗子封住，把一些生命封住，也把一些權益與尊敬，牢牢的封住。一個鐵窗代表一種無奈，一個鐵窗代表一陣悲哀。鐵窗們，自這戶連那戶，自這樓連那樓，鐵窗連鐵窗，鐵窗接鐵窗，接接連連沒個完，連成一條柵，接成一條鍊，把一大片樓房，甚至把一大片社區，無情的柵住，無情的鍊住，也無情的綑住綁住。

舉目一看，滿眼是牢牢的鐵門，紅鐵門，綠鐵門，白鐵門，黃鐵門，以及許多圖案許多花式的大鐵門。

鐵門們，一道比一道緊，一道比一道密；一道比一道寬，一道比一道嚴，也，一道比一道酷，一道比一道無情。鐵門就是鐵門，既緊又密，既寬又嚴，既冷酷又無情。

一樓是鐵門，二樓是鐵門，三樓是鐵門，四樓是鐵門，再往上數，還是鐵門。對門是鐵門，後面是鐵門，左面右面都是鐵門；再往前數，再往後數，再往左右數，還是鐵門。這是一條鐵門巷，也是一條鐵門街，更是一座鐵門城。

舉目一看，滿眼是重重的鐵鎖，大鐵鎖，小鐵鎖、高級鐵鎖、特製鐵鎖。鐵鎖們，有土製的，有洋製的，有歐洲製的，也有美國製的。鐵鎖們，有圓的，有方的，有扁的，有長的，也有許多，不圓不方不長不扁的不規則型的。

鐵鎖們，一把比一把精密，一把比一把厚重，嚴嚴肅肅的，鎖著一些屋子，鎖著一些門，戶，鎖著一些櫥櫃，鎖著一些屜篋，也，鎖著一些人，鎖著一些心，鎖著一些自由。

鐵窗鐵門鐵鎖，鋼鋼鐵鐵的沒邊沒緣，許多含恨的眼睛不時的在瞅著它們，夜不閉戶的老故事也在瞅著它們。只有竊盜們視若無睹；厚厚的律法，也視若無睹。

3

那人瞪著一雙愛克斯光般的大睛睛，站在十字街旁，看人來人往，看人往人來，也看這個深淵般的大千世界。

一波波的行人走過去了，一波波的行人又走過來了。走過來，走過去，來來去去，去去來來，沒有終了時，他瞪著眼睛看，不是看那來去匆匆的腳步，不是看那一閃而過的身影，他看的是，那一張張永無重樣的面孔。

一批臉孔湧過來了，有笑著的，有愁著的，有憂著的，有哭著的，也有小小天空般陰陰雨雨著的。他看得清清楚楚，笑也不是單純的笑，愁也不是單純的愁，憂也不是單純的憂，哭也不是單純的哭，笑愁憂哭的後面，都還蘊藏著一些東西，這些東西，都在他那愛克斯光般的眼睛透視下顯形。自這裏面，可以看到這個社會的縮影。

另一批臉孔湧過來了，有正著的，有歪著的，有繃著的，有扭著的，也有集正歪繃扭於一臉的。當然，他也看得出，不論是正歪還是繃扭，面皮的後面也是蘊藏著一些東西，這些東西，也在他那愛克光般的眼睛透視下顯形。

除了看臉看容顏，他也觀看那些形形色色的心，那些心們，有是肉長的，有的是鐵做的，有的是軟軟的，也有的硬硬的。那些心們，有的是正正的，有的是斜斜的，有的是紅紅的，有的是黑黑的。那些心裏，有的是裝著血，有的是裝著油，有的是裝著毒液與硫酸。

看過這麼多臉，又看過這麼多心之後，他嘆了長長的一口氣，然後，閉起眼睛來作凝思狀，若有所悟，也若有所失。

4

一些肥肥胖胖高高挺挺的，各種樣子的樓房們，在許多區域或是許多路段上不停地向外冒著，許多人，因樓而喜，因樓而樂，因樓而身高八尺或是名高十丈。樓是罕見的巨大植物，也是罕見的巨大動物，如今能有這麼多的樓房在這塊土地上冒了出來，喜樂自是必然。

各種樣子的汽車們，繁殖快速的生物一般，在許多大道上穿馳了起來，也在許多弄巷或是鄉道上穿馳了起來，許多人，因車而貴，因車而驕，因車而氣宇昂揚。汽車，也不是一種很容易大量出現的產物，如今，車車車車滿地跑，貴驕也是必然。

一些客廳，越來越大了，有的是多少尺，有的是多少坪。客廳裏，這種地毯那種地毯的在舖展著，寬寬大大的酒櫃高高的站立著，這電器那電器的陳列成一種不凡的陣勢，一個客廳就是一個小小的寶藏庫。充塞並裝飾起一個像樣子的客廳來並不是容易的事情，而如今，卻處處皆是。

許多不太豐盈的手飾盒越來越豐盈了，許多不太飽鼓的鈔票箱越來越飽鼓了。手飾盒與鈔票箱，自古以來都是容易空虛容易瘦的，而如今，卻漸漸的遠離空虛遠離瘦了。大富人家的不用說，許多中富與小富的人家，也漸漸如此了，也漸漸的有能力把它們改變模樣了。

一些物質的花朵便在樓房上綻開了起來，在汽車上綻開了起來，也在客廳與手飾盒，以及在鈔票箱上綻開了起來，甚至，許多其他的東西上，也有物質的花朵在綻放著。

可是，自我們的先祖到現在，千百年來所培養起來的一些道德花朵，卻在許許多多的地方萎凋了起來，敗謝了下來。那樣子，猶如嚴冬已至。

（七十三年七月二十五日《自立副刊》）

台北之晨

人人都可以看得出來，台北，實在是個充滿活力充滿生機的都市，尤其是在早上的這段時光裏，看得更加清楚。

有人把散步、慢跑、放狗、遛鳥，以及打太極拳和跳土風舞看作是這座大城的晨景主題，其實不然，年輕的臺北市，還有更寬更廣更生動的一面。

步履匆匆的上班人

晨光像一種白色的乳汁，自悶暗中緩緩浮冒出來，滲露出來，越浮越厚，越滲越多，漸漸的，便把暗夜淹沒。晨光也是一種高效能的滌劑，不但滌淨了大地的污濁，也滌掉了這個都城昨日的倦容。

一般說來，都市人雖然習於遲睡，但是，絕大多數的人還是要黎明即起，因為，他們要上班，他們要工作，他們要去推動日日不輟的事業。

上班的人物，有的提著旅行袋，有的提著公事包，有的提著午餐盒，或是迎著晨曦，或是頂著朝陽，步履匆匆的，離開了他們那溫馨的家宅，前往他們工作的地方。他們，有的是搭公車的，有的是開自用車的，有的是騎摩托車的；距離近的人，也有步行前往的。

上班的人，除了提旅行袋、提公事包、提午餐盒外，有的人是提著昨天的理想，有的人是提著今日的希望，也有人是提著沉重的省思與綿綿的牽掛。關於這些，可以從他們頻頻思索的表情上看得出來，可以從他們急急奔赴的神色上看得出來。這些人，有的是勞心者，有的是勞力者，也有的是心力兼勞者；這些人，有的是坐辦公桌的，有的是站生產線的，也有的是從事其他工作的。不論他們的工作背景如何還是生活背景如何，可以看得出來，他們都是一些敬業的人，他們之所以如此的步履匆匆，無非是想儘早接觸到他們的工作，儘早締造他們的工作成果。

對於都市裏的上班人來說，辦公室或是工作場，就等於是農人們的田畝，農人們要勤於耕種，上班人自然也要精於經營；農人的耕種所得並不純然是為自己所需，而上班人的工作成果，自然也不會為自己所獨享。

莘莘學子群

這樣的一個大都市裏，必然是有很多很多學生的，在這裏，學生人口並不少於上班人口，因此，那些熙熙攘攘的人群裏，除了上班人外，也還有相當多的上學人。他們，有的是上小學的，有的是上中學的，有的是上大學的，也有的是上其他學校的。生活在這塊土地上的孩童們是有福的，他們每個人的面前都鋪展好了一條學程道路，自幼稚園而小學，自小學而中學，自中學而大學，自大學而研究所，階梯一般的排列著，只要你勇於讀書，善於讀書，你就可以一步一步的拾階而上，走向學業的最高峰，走到學程的最後處，你就可以從一個稚稚童子，成為一個知識人和學問人，你就可以憑著這些所學，創造你的事業，輝煌你的前途，實現你最高的人生理想。

對於這塊土地上的孩子們來說，能夠擁有這麼一個求學的環境，擁有這麼一些求學的條件，實在是夠幸運的，夠福氣的，這是世界上大多數地區裏的孩子所享受不到的。

沐浴在晨光裏的學生群和學生陣，成為最最受看的晨間街景，特別是在學校附近的路段上，活潑天真的孩子們，一聚就是一大堆，一排就是一大隊，他們，在老師和同學的導護下，井然有序的通過市街或路口，朝氣蓬勃的走進了他們學校的大門，展開他們這一天的新鮮的課讀生活。

沒有人敢輕看這些小小的孩童們，他們這裏面，很可能就潛蘊著一些不平凡的人物，幾十年之後，他們的中間，說不定就會出現一些社會的貢獻者或是群眾的造福者，或者是其他方面的超群出眾者。我們所欽敬的一些才俊之士，當初不也是自這樣的學童歲月裏走出來的嗎！

晨間市集

民以食為天，對於有兩百多萬人口卻沒有田畝畦園的臺北市來說，吃，自然是市民的一樁大事。不過，沒有關係，這個問題已經由大規模的果菜批發市場以及一些零星的農產品集散場地給解決了。

規模龐大的市場，有如一個巨大的物資源泉，成千上萬噸的各種農產品，包括了肉類、菜蔬、瓜果及其他，自各個不同的角落與路段上流了進來，然後，在這裏作了短暫的停留之後，經過一個交易程序，又朝著另外的一些路段流了出去；大路段流向小路段，再由小路段流向了各個角落，各個家戶，流進了許許多多的廚房和冰箱。

批發市場的風貌和熱烈的交易情形，也是這個都市最出色的晨景之一。市場裏的貨物，高高厚厚的堆積著，堆積得沒邊也沒緣，會給人一種豐實富有的感覺。事實上也是如此，市場是社會貧富的象徵，市場也是民眾生活水準的標誌，一個社會或是一個地區的生活水準如何，可以在市場上顯示出來。更值得一提的是，豐盈的物資固然可以說明了一個事實，而市場附近為了忙於採購而出現的那片壯闊的車景，不是更能說明一切嗎？

市場是大清早就開始營業的，這可能是都市中最早的營業場所，因此，當天色還尚未放亮的時候，這裏已經是滿場的矗騰了。至於那些來自鄉下的運送者，他們必然要起得更早，甚至，一夜未眠都說不定。由此看來，為了解決市民們食的問題，驚動的人還真是不少呢！

看到這樣多的民需物資，自然會想起它們的來歷，會想起那些辛勤的種植者和培育者、養殖者與撈捕者，以及那眾多的鄉野人氏；沒有他們的辛勤與付出，沒有他們的奉獻與犧牲，都市人，吃什麼呀！

早餐花樣面面觀

對於鄉下人來說，準備早餐並不是一件難事，只要比照著午餐或晚餐那樣做就行了。可是，對於都市人，特別是臺北人來說，安排早餐卻不是一件容易的事情，原因是，都市人的嘴尖，都市裏的早餐花樣多，可供選擇的範圍大。如果你喜歡吃豆漿、燒餅、油條；你就吃豆漿、燒餅、油條；你喜歡吃米粉、壽司、飯團；你就吃米粉、壽司、飯團；你喜歡吃牛奶、麵包或油飯，你就吃牛奶、麵包或油飯；你喜歡吃豆花、豆腦或蚵麵線，你就去吃豆花、豆腦或蚵麵線。要不，你就去吃熱狗，吃小籠包，或者去吃清粥小菜。問題是，由於吃的太多太久，自然也有會吃膩了的時候；吃早餐吃到這種程度，困難就來了！不用說別的，光是用於如何選擇的那分心思，就夠沉重的。特別對於那些急著上學的孩子們，如何為他們安排早餐，那真是做家庭主婦的一大煩惱。你以為牛奶麵包不錯，他卻不一定喜歡；你說燒餅油條好吃，他卻不一定同意，在種情況下，就需要家長們的智慧與耐心了。

人是一種很不容易知足的動物，早些年裏，早餐的內容就是昨晚的剩飯剩菜，在無法選擇的情況下，反而會覺得樣樣都是那樣的可口了。

臺北市裏有無數的居民要在晨間出外早餐或出外購買早餐，因此，不論是大街小巷，或是一些較為偏僻的角落，到處都有售賣早點的人，那也許是一家店舖，那也許是一個街攤，或者是一輛簡易的早點車兒。總之，那是應有盡有的，也是夠你選擇的。如果真的懶於出門去處理你這一日之中的第一樁飲食大事，在家裏自己動手泡杯牛奶，配幾片餅乾，照樣也是可以的。

早餐花樣之如此繁多，這不也是代表著一些意義嗎？

起早的勞動者

幾百萬的都市人裏，不只是公教與商賈，不只是知識人與案牘人，這裏面，還有許許多多的勞動者。這些人，由於職業的關係，要在早晨出現在臺北的街頭上，像是清道夫，像是送報生，像是趕赴工地的建築工人，以及除此之外的許多勞動者便是。

清道夫，可能是都市勞動群中最先開始工作的人，他們多半都是在天還未亮之前便在他們的責任路段上開始工作了。都市裏的路燈密，光線強，可以為他們的清道工作提供足夠的照明。因此，當我們清晨起來走到街上的時候，清道夫們早就已經把街道打掃乾淨了。當然，也有少數的地方是天亮之後才打掃的，不過，他們總是會儘早的讓市街恢復清淨的面目。

這雖然是一項勞力工作，可是，照樣也得要有一分強烈的責任心與使命感，否則，市街就乾淨不起來。好的是，臺北市的清道者們，多的是這種人，他們會竭盡全力的來維持市街的整潔，我們常常看到一些盡職的清道者們，拿著掃把在大風中追趕一個被風吹走的葉片或紙團，那情形，有如一個警察追趕一個罪犯，實在是夠盡職的。

送報的人也是要早起的，他們也是要儘早把這種新聞媒介投送給訂閱的人，好讓他們及早獲知昨日的天下大事。這些早起的送報者們，有的是專業的，也有的是兼差的，不論你是專業還是兼差，都要具備一些基本的技術，例如，你必須要能夠極為熟練的使用腳踏車或摩托車，必須要極為熟練的把一些報紙扭捲成一個捲筒，然後，站在巷道中，一下子抛投到二三樓或是四樓訂戶的陽台上去。

早晨上班的人群中，自然是有著相當數量的建築工人，他們，有的是一個個，有的是一群群，頭上戴著膠盔，身上穿著工作服，騎著機車自大街上呼呼而過，看上去是一派剛毅勇猛的樣子，這個時候，會在他們的身上看到出征的氣勢，看到赴戰的表情，這實在是一種了不得的勞動的人物，許多的高樓大廈，許多的巨大建築，無一不是出自他們的手中，甚至，整個的一座大城，也是他們用雙手建造起來的。他們，是樓廈的締造者，也是城市的締造者。

事實上，有很多的建築工人是不必來回奔波的，當他們蓋好大樓的第一層時，便把這裏當作他們臨時的家，當整座大樓蓋完之後，他們又搬到另一處新工地裏的底樓裏去。他們的日子多半都是這樣過的，所以，有人叫他們為都市裏的遊牧民族。

車流與車陣

汽車是都市人主要的代步工具，因此，它們也要跟著人們早起了。尤其是第一班的公車們，更要趕早起來，它們多半是在五點半鐘的時候就要上路了。至於這些汽車的駕駛們，以及保養這些車子的人們，早在五點半鐘之前就要展開他們的準備工作。

天稍微明亮之後，道路上的車子便漸漸的多了起來，有的是開著出遠門，有的是開著去做事，也有的是開著去參加晨間運動的，再過不久，上班的時刻又到了，這個時候，所有的路段上都是沒頭沒尾的車流和車陣，特別是一些交通要道上，汽車們便更加密集了。至於一些寬大的十字路口或是雄偉的圓環，車陣便更加的深厚，車流便更加的急湧，亮麗的陽光照在車頂上，反射出來的刺眼光芒，這晨間的車景啊！也是夠輝煌的。

從這一幅一幅的晨景來看，臺北，實在是一個充滿活力、充滿生機的城市。

註：本文大約寫於二十多年前，係應大型畫刊《勝利之光》之約而寫，如果是在今日，一定會把一〇一大樓和捷運風景記上一筆。

此刻，我正在山上

能夠偷得一日之閒，出塵埃，入空山，作逍遙遊，亦是快事！

1

此刻，我正在山上，正在踏著一條整齊而乾淨的石階，朝著高高的山頂攀登而上。山勢太陡，一步比一步高一步比一步重的蹬踩著，煞是吃力。然而，樹林在左，竹林在右，青青復青青，好一片翠綠天地。加上清爽得不帶一點雜質的空氣自四面八方包湧而來，既可吸納，也可吞食，山間的清晨，真夠美好。亮麗的晨曦也自左前方的山凹處潑撒過來，潑滿了山野，也潑滿了我身。陽光一如那清爽的空氣，也可以吸納與吞食。此時，縱然是氣喘吁吁，汗滴頻頻，也不覺得累之所在。

此刻，如果我不在山上，很可能還陷在我那個老舊的床鋪上，陷在那片沸騰的喧囂裡，被迫接受那份無奈與煎熬。首先，要聽聽對面樓頂上養鴿人家的那幾響爆裂的槍聲，然後，是左鄰陳家的摩托車聲，右鄰廖家的載貨車聲，以及，二樓的談笑聲與三樓的吠聲。夏日清晨的五六點鐘，雖然是一段適於熟睡的時刻，而住處的周邊裡，卻總是有那麼多不習慣熟睡的聲音噪噪不絕的在那裡醒著，我的臥床啊，乃是一口炙熱的鍋，一面滾湯的鏊。

2

此刻，我正在山上，一分鐘之前才沿著這條石階山路到達山頂。原以為到了山頂我就是站在山的最高處了，卻沒有想到，山的後面還有更高的山，更高的山的後面，還有更更高的山。這地方，真是一片夠寬夠廣的山野，山山相接，山山相連，構成一片山的世界。我知道，面對著這麼一大片崇山峻嶺，我是無力去一一攀爬的。好的是，石階再陡，山路再難，我還是自頭踏到尾的，還是自山底爬到山頂的。如果不懷征服山野的心，這已經心滿意足了。事實上，人怎麼能與山比呢！更重要的是，山有什麼過錯值得人們去征服呢！對於人來說，山是有百恩而無一過的，甚至還不止百恩，千恩萬恩也說得出來。

此刻，如果我不在山上，很可能是已經自那片無奈的噪噪裡含憤而起，然後，摸過一份日報來猛讀。讀讀早報本來是很舒悅的事情，可是，這天不同，這天，一打開報紙，必然會被波斯灣的砲彈擊傷，必然會被兩伊的槍彈擊中，也必然會被那塊土地上的流血淹及，必然會被那塊土地上的哭聲震聾。這個時候，很可能會急急的把國際新聞版掩起，然後另翻，翻到另外的一版；可悲的是，另外的一版上也不寧靜，小城的政治鬧劇尚未落幕，吵雜不已，低俗不已，我的失望與心寒，也不已不已。至於搶、盜、詐、訛等等的事件，自然也是滿紙纍纍了。

3

此刻，我正在山上，正站在一處斷崖上看幾種以上的鳥類，自一處密林裡飛進飛出，自斷崖中央的一簇樹叢裡飛進飛出，這裡的鳥族們，無憂也無慮，飛翔與覓食，盤旋與啁啾，是牠們的重要課題。至於槍聲或羅網，以及獵人的陰謀與詭計等等，牠們是全然無知的。當然，灰面鷲與紅尾伯勞的故事，牠們也是未曾聽說過的。一隻巨鷹自絕壁上的那叢枯木中展翅飛出，而眾鳥不驚，心想，老鷹不是以小鳥為食嗎？而這裡的小鳥們為什麼如此膽強，莫非是，牠們與老鷹已經結盟？或者，已經締親？

此刻，如果我不在山上，很可能要陪我妻去市場買菜。去市場買菜不難，難的是要走過滿是狗尿的那段紅磚道。這年頭，人們於豐衣足食之後，自然要弄條狗來養養，即使生活剛剛小康。或者，連小康都還沒有的人，也跟著潮流弄條狗子牽著逛街，然後，小白、小黃或是哈利或是來福的喊著，那代表一種階層，代表一種地位，代表一種生活水準。在這個開放性的社會裡，誰也不能罪怪你養狗，問題是，既然能夠養得起狗，就應該擔負起替狗照顧生活起居的責任來，總不能老是把公家的大街當作你私人的狗廁罷！

4

此刻，我正在山上，正坐在一片松林外緣的石塊上享受野趣。松林茂密無比，看上去是一片陰森，然而，卻也靜謐無比，清涼無比。山風自松林的背後來到林中，然後，把林中的清涼吹給我。這是上午十時左右的光景，太陽已經把山野烤得有些燠熱，而我獨坐鬱鬱松蔭裡，卻悠然自得，了無暑意。林風稍急時，會發出颼颼的聲音，越發增加了這裡的肅寂氣氛，這個時候，使我想起了另一塊土地上的那些高山名岳，以及那些老松古剎。想到這裡，便驟然覺得，我這個孤獨的山客，何異於峨嵋的老道。

此刻，如果我不在山上，很可能正在家裡伏案寫稿，寫我的新官場現形記，寫我的諷世篇，也寫我的拾穗集，我將把許許多多的事物和人物，一一抓來，把它們寫進詩裡，塞進文中，展現給千千萬萬人，瞅視。然而，也許事情並不如此理想，因為，這正是那幾個收購舊貨的人拖拉著擴音器在這巷子裡輪番轟炸的時刻，陷在音渦裡的搖筆人，自然逃不過這種浩劫，在此情況下，一字無成都有可能。其實，作為一個邋遢都市裡的現代人，要有一套防音盔甲才行，可惜，這種裝備是我所無法購得的。

5

此刻，我正在山上，正在研究一片樹林的生長理由。這片樹林是成長在一大堆傾倒多年的礦渣上，礦渣是介乎岩石與煤塊之間的一種無用礦物，是被煤礦場所丟棄的，照說，這上面是沒有一點養分的，而那些無名的樹棵們，為什麼居然在上面生根立足且茂盛豐繁了起來呢！一大片樹林裡，幾乎看不見一點枯枝敗葉，壯旺的樣子好像是由園藝人員專門培育起來似的。既然這種石塊中並沒有足以供應植物們生長的養分，那麼，它們所依賴的，便是空氣陽光和雨水了。特別是，這山上的空氣，山上的陽光，山上的雨水，更純、更精、更新，也更營養，自然會把這些草木餵得又肥又高壯。別說樹木了，那些喜歡登山的人，還不是照樣受到這些空氣陽光雨水的恩惠，個個都是硬朗健康，異於常人。

此刻，如果我不在山上，很可能要跑到郵局去寄那封限時掛號信；郵局並不很遠，但是必須要跋涉過一段複雜的人行道才能到達。那段人行道原來並不複雜，原來也是紅磚綠樹相當美好的，可是，近幾年來卻不行了，近幾年來，這車那車的橫擋在路上，行走之難難於我剛剛來這裡的那條石階山路。阻擋嚴重的時候，甚至，會把行人逼得沒有路走。奇怪的是，洗車者修車者與賣車者們，都視若無睹，有責任管理與有權力取締的人，也是視若無睹。只有不便的行人，雙眼怒怒。

6

此刻，我正在山上，正在看一個高年老農採掘新筍。雖然已是中午時分了，而這個樸實的老農，卻仍然在那裡忙碌不已。竹園夠寬夠廣，老農忙上半日，也只不過收採其中的一角。好的是，在這一斤新筍可以賣到三十多塊錢高價的好當口，他隨便採採，就會採來一疊票子；如果他每天採一次，每天就會有一疊票子跑到他家裡來。在這種情形下，就不能輕看這個土土的老農了。如果對這片竹園作一次粗粗的預估，它一年的收成，必然是多少萬了。這樣的一個數目，即使把肥料費和一切什費扣掉，賸下的還是很多很多，起碼，供應一戶農家的生活，是綽綽有餘了。

此刻，如果我不在山上，便很可能是在家裡進用午餐了。我的午餐是相當豐盛的，雞蛋肉魚已經是極其稀鬆平常的，有時候，說不定還會出現幾道名貴的佳餚呢！對於我這個收入不高的人來說，飯菜的支出比例算得是很高了。不過，我從來沒有為這項支出而心痛過，即使心痛，也不會痛在支出上，而是痛在中間的剝削上，因為，去年我還曾經測試過，測得我所吃的許多農產和水產，價格的三分之一或是更高的比例，全被中間商給吃掉了。這真是一種狠毒的吃法。我的憤怒不是在於我付出的太多，而是在於那些辛辛苦苦經營者和生產者，得的太少。

7

此刻，我正在山上，正在看一片變化萬千的雲景。在這樣的山野裡，雲，已經不是浮在高空裡的天象，而是游動在群山之間的巨大軟體動物。像我正在看著的這些雲堆雲塊就是，一會兒扭曲，一會兒伸展，一會兒緩緩游動，一會兒急急的奔馳，誰也猜不透它們的真實面目和真實的身姿是什麼樣子；誰也猜不透，它們變來變去游去游來的目的是為了什麼？現在，雲層正低，低到我的腳下，看看雲群看看自己，看看藍天與山谷，不禁想到了西遊記，也不禁想到了那個可以在雲上來去自如的孫悟空，對於一個長於幻夢的書生來說，這景致是相當誘人的。

此刻，如果我不在山上，很可能會乘著冷氣公車到城區裡走走。炎炎夏日裡，能夠有冷氣公車可坐，實在是很難得的，也是很舒悅的。然而，這對於我，並不具意義，相反的，還是一種刺激與一種無奈，因為，每當搭乘冷氣公車的時候，總是會發現到有人在裡面毫無禁忌的抽烟，有人在裡面用免費的幼嬰佔領座位，也有的人會以一個車票的代價坐掉一又二之一的座位，讓另外的乘客侏儒般的侷促在其他的二分之一座位上，這樣的冷氣公車涼是涼了一些，而不悅事件所帶來的煩躁，還是夠熱的。

8

此刻，我正在山上，正在握著一段枯枝，悠悠然然的在地上畫圈圈，畫人物，也畫簡單的漫畫，或者，寫幾個最最熟悉又最最值得懷念的名字，圈圈很拙、人物很笨，漫畫也很粗劣，然而，卻是最真、最純、最實的，絕對沒有一點兒虛假。至於那幾個名字，更是無關美醜，因為每一個名字的本身便是一種美，便是一種意義與價值。現在，我把那枯枝握在手裡，停止畫，也停止寫，開始了一段反芻的歷程，隨著每一個名字和每一幅畫，逆向反芻上去，芻進了我玩沙的童年，此時，再低頭看地上，不見名字不見畫，只見黃沙一片，雁痕數點，雪花無由的，飛飄。

此刻，如果我不在山上，很可能要去參加一個無聊的文藝會，不過也很難肯定，因為這種會議我是很少參加的，很少參加的理由是，這種會議，常常是文藝少而怪異多，面對著那些想成當代詩聖或是文聖文賢的嘴臉，面對著那些一心想把自己的名字塞進文學史裡的人物的表演，我無法找到文學的影子，無法找到文藝的影子。這種活動，要參加，就要參加那些真正由忠實的文學人與文藝人所組成的；要參加，就要參加那些真正有文學味和文藝味的，以及，那些有能力營養一下我文學生命的。

9

此刻，我正在山上，正在靜觀一簇樹根的攀爬與鑽動；樹是長在石頭上，而盤盤錯錯的樹根，卻粗細不等的貼著石壁往下伸展，急速速的，伸進石頭下面的泥土裡，為樹的枝幹尋找營養與水分。樹根很密，密得像網，網住了石頭，也網住了樹的生命。我曾經被許多榕樹的樹根感動過，認為榕樹根的容貌與功能，實在是植物世界裡的大傑作，沒想到，這樣的遠山裡，也有一些奇特的樹，也有一些能幹的根，而它們的生長氣勢，它們的鑽探姿態，並不亞於鄉莊裡的老榕。如果此刻手邊有相機，我定會把它們拍照下來，懸掛壁間，日日觀賞。

此刻，如果我不在山上，很可能又陷進另一陣吵囂裡，接受另一陣噪音的煎熬。這是一個龐大的攤販車隊，隔一晚就來學校外面的紅磚道上設攤營業；營業的時間雖然自入夜開始，但是五點多鐘的時候開著車隊在各個街巷裡作預告宣傳了。車行的速度很慢，二十多部車子要一段不短的時間才能通過。每部車子上有一個擴音器，二十幾個擴音器一起來吵，看看誰能受得了。等他們瘟疫一般的把那段長長的紅磚道佔領了之後，另一種的喧囂又告響起，一直響到半夜，這個地方的地價，很快的就被他們吵低了。六天之前，報紙上就曾報導過林口街被攤販吵低地價的事情。

10

此刻，太陽已在西沈，該是下山的時候了，可是，山下是如此的混濁如此的囂吵，如此的險惡頻頻，不須舉目，只放眼看看，就悸悸難安了。

（七十三年八月十六日《新生副刊》）

腳印
——對岸走訪小誌

今年的四月裡，和幾位新聞界人士以及大眾傳播學者，匆匆地去了一趟北京、武漢、上海、廣州；在北京訪問了人民大學新聞學院、北京廣播學院、中國社會科學院新聞研究所、中華全國新聞工作者協會、中央電視台、新華通訊社。在武漢訪問了武漢大學和湖北日報，在上海訪問了解放日報和復旦大學；在廣州的時間很短，只訪問了歷史悠久的暨南大學。此行裡，也抽空看了一下長城、定陵和黃鶴樓，當然，也嗅聞了這塊土地上的各種氣息。

這是一次陌生而新奇的人生經驗，時間雖已過去數月，但是那種特有的印象和感覺，猶如昨日。

北上心情

那日，自台北搭機先赴香港，下午乘五點二十五分的「中國國際航空」一一〇班機飛北京；由於多次的出國經驗，台北香港或是香港台北，已不足為奇，奇的是此番北上的心情，是那樣的異於往昔，理由自然是因為故土的情懷。

香港至北京，長達二千三百公里，飛行時間是三個小時，在這段長長的分秒裡，我沒有把卷閱讀，也沒有閉目凝思，兩個眼睛總是盯著小小銀幕上的游動指標。

飛機振翼凌空，朝著北方直航，一下子就到達了廣東的上空，下面，就是那片既親近又遙遠的大地了；十五年前去韓國訪問，也有過朝北飛行的經驗，不過，那是在海域的上空，即使如此，內心裡也有親近故土的感覺，曾經試著自雲隙中向下（偏西）搜望，想看看何處是東海濱！何處是長江口！

指標自廣東而江西、而湖北，然後偏右至安徽，指到南京附近時，心情為之一怔，心想，這座古城裡，不是住著弟弟的家人嗎？弟弟，印象中還是四十七年以前的那張稚嫩的面孔；弟弟，你知道多年未見的哥哥正自您的上空路過嗎？

指標指到濟南附近時，直挺的膠濟鐵路就浮現在眼前了！沿路東去，就會在某站的附近找到一座樸實的村落，那就是我出生的莊園，曾經在這裡度過襁褓，曾經在這裡戲水聽蟬，曾經在這裡初讀詩書，只是為時不久就浪跡天涯，而在海的這邊找到了另一個更長更久的故鄉；四十多年比十幾年，實在是久得太多了，對這塊土地的哺育之恩自是既深又厚，對這塊土地上的一切一切，自是難以割捨，因此，在這裡落籍歸隱，也是必然的了。

古老的京都

飛機於四月二日晚間八點二十五分在北京的首都機場著陸，我是於三十分五十九秒正式踏上機場的地面；當飛機在天津和北京上空盤旋的時候，我就打算好了要好好的記錄這落地的剎那，因為，我太在意和珍惜這個寶貴的時刻了！這是四十五個年頭以來，所未曾有過的，也是若干年以來想都想不到的，而今晚的此時，居然成為事實了。

北京的數日裡，除了正式的訪問節目外，我看到了幾十年來在文字或言語中所謂的甚麼胡同、所謂的甚麼民巷、所謂的甚麼大街；我看到了古老的宅第和舊時的林園，也看到了樓群叢簇的新興社區和城外那欠缺營養的瘦瘦村落，北京，千萬人的大城，看來看去，少了一些東西，也多了一些東西；少了一些不應該少的，多了一些不應該多的，然而，少了的如何去彌補？多了的又是如何去削除？

北京，幾千年的皇都，數世代的畿城，它在我的心目中已經佇立多年了，甚至於在兩年前尚未晤面之時，我就有這種的詩作了（題目是〈北京〉）：

涉過時間的湧流
穿過朝代的列陣
歷經多年的風雨霜雪
送走無數個春夏秋冬

大街上跳躍著古老的故事
胡同裡滾動著歷史的芬芳
輕翹的簷角上閃爍著先人的智慧
精巧的門楣上懸垂著歲月的光華

玉璽模糊　馬鳴已遠
而萬里長城仍在西北方迤邐著
十三陵仍在另一方蹲坐著
紅樓夢在大觀園裡古典著
文物們在故宮裡喧嘩著

這可愛的都城啊
雖然已是這般高齡
如今卻仍然是
非常風格的站立著
站成一尊人世間至貴的珍寶

城頭上的遐思

抽空去看長城。

遠遠的就看見了它雄偉的姿容，那種巍峨蜿蜒的氣勢，會想到雙手萬能，會想到人定勝天，會想到這是曠世的大手筆，衷心佩服當初的構思者、策劃者以及參與者們的智慧、勇氣、魄力與耐心，他們靠著這些條件，在長達二千多公里的山野間，構建起這座史無前例的禦侮大牆。

不過，越近牆下，腳步越加沈重，這種現象並非因為山勢的陡峭而起，而是來自內心的另一種感覺，於是上得城來，立即撫垛佇立，心想：

——這樣的一些大磚巨塊，當初是怎樣弄上來的？這樣的一些營壘砦寨，當初是怎樣砌起來的？

——這樣的巨大工程，該有許多人手斷腳折吧！該有許多人肩傷背裂吧！甚至，該有一些人就在溝谷裡喪命身亡吧！

——在這浩浩茫茫的大野裡，築城的人們是如何的炊煮？如何居憩？如何的醫養？又是如何的傳遞各種生活和施工方面的必要訊息？

頓然覺得，我現在並非全是立足在建築的巍峨上，也不全是立足在歷史的驕傲裡，也是立足在血汗、骨膚、生命和悽慘中，如此想來，萬里長城也是相當悲情的。

就在此時，舉目遠眺，眺向戰國，傾刻間，滿眼裡盡是刀槍劍戟，矚目的盡是烽火狼煙，盈耳的盡是呻吟哀號，這段變體的歲月，真是夠春秋的。

再往後看，而秦漢、而魏晉、而南北朝、而唐宋元明清，朝朝代代都有槍聲起落，都有烽火炎炎，我們這個世界啊！實在是夠戰爭的，實在是夠火辣的。

長城啊！為戰爭而生的，所以，戰爭風景的欣賞滋味，是與太魯閣或阿里山，有所不同。

樓之貌

早年讀唐詩，對於崔顥的〈黃鶴樓〉這首七言律詩特別喜愛，因而也喜及黃鶴樓，喜它的姿貌，喜它的文氣，也喜它那淡淡的神話意味。後來，由於情勢的變動，這座歷史的古樓曾經被冷落多時，重修之後，聲名復振，尤以近年來，前往遊瞻的人士不絕，成為舉世皆知的勝地，我也曾經有詩記之：

黃鶴樓　兀立在唐詩裡
黃鶴樓　兀立在武昌城

黃鶴樓　兀立在幾千年的讚聲中
黃鶴樓啊　刻正兀立在我的眼前

樓姿昂揚　好一簇古典的文學風景
簷角飛俏　一如正在振撲的鶴翼
許多充滿詩香的故事
在樓的四周跳躍著
許多晶瑩的詩的佳句
在樓的每一寸肌膚上閃爍著

白雲依然悠悠
鸚鵡洲上依然芳草萋萋
瞬間裡
黃鶴數隻　自古代悠然飛臨
而崔顥　而李白　而文禕　而嚴羽
或捋鬚彈袖　或握卷把杯

欣欣然
一面觀鶴
一面共論天下詩藝

此次有緣親訪，發現與所記的相去不遠，只是文學韻味淡了許多，這韻味，不是自己消失的，也不是被歲月沖淡的，而是，被人們趕走的。這是多麼可惜的損失啊！好在，它的英姿依然，它的剛毅仍舊，仍然可以棲鶴，仍然可供詩人們煮酒論詩。

與書有緣

我是一個愛書者，許多的時間都是在書室裡度過，吸納書的營養，享受書的滋潤，嗅聞書的芳香；出外時，也總是會買幾本喜愛的書來啃嚼啃嚼，因此，我是一個以書為主題的家庭，書在我的家裡享有榮寵的地位。

這次的陌生地遠行，早就打算好了要買一些書回來，其中包括幾本曾經選入我作品的，一本曾經介紹我寫作生平的，以及，一些可以讓我心服的；可是，我的想法落空了，我所想要的，幾乎一本也沒有買成，原因是，我沒有那麼多的時間去尋覓，更大的緣由，是這些城市裡的書店太少了，太不容易被你接觸了。一般的地區裡，甚至買一本雜誌或是一份報紙，都不是容易的事情。

好的是，回來時我的行囊中仍然塞有不少的卷冊，而且都有不同的來歷，這不能不因於我這個戀書人與書的一種特殊因緣。

首先是在訪問人民大學時，獲贈了《中國當代新聞事業史》和《好新聞後面》這兩本專著。

訪問北京廣播學院時，該院的出版社闢室展出多種的出版品，瀏覽之餘，覺得有很多書是值得買的，可是由於不易攜帶的緣故，我只選了一套周作人的散文，這套書共分四冊，每冊五六百頁，僅僅才花了六十多元人民幣，可說是非常便宜。相信，周氏的散文作品絕大多數都已納入，我是個散文迷，喜歡有這麼一部書。

在訪問廣州暨南大學時，有著作的教授們紛紛將其大著簽名相贈，剎時即獲多冊，其中較重要的有鄺雲妙教授的《新聞寫作教程》和《採訪藝術》、程天敏教授的《新聞寫作學》、何國璋教授的《新聞採訪原理與方法》黃匡宇教授的《電視新聞學》，這些書都與我的工作有關，我樂於擁有它們，並將從它們的身上吸取一些東西。

另外值得欣喜的是，在這次訪問行程裡，我獲得了兩本雜誌的創刊號，其一是北京中國新聞學會的《新聞春秋》，一是中國社會科學院新聞研究所出版的《新聞與傳播研究》，這兩種雜誌的名氣雖然不大，可是對於我這個「創刊號的蒐藏者」而言，同樣是具有意義的。

（八十三年十月十九日《新生副刊》）

哭泣的山野

多年之前，有人曾經警惕「我們只有一個地球」；如今，我們的地球不知道還剩幾分之幾了！

1

我們何其有幸，能夠生活在這麼一個美麗的寶島上，讓我們來舉目近觀或是昂首遠眺，亞太地區，甚至全世界上，恐怕也沒有多少個地方的地理風貌，會好過我們？

這個島嶼之所以既美又寶，主要的是它擁有俊美秀麗的天然環境，而這種環境的形成是仰賴迤邐的山脈、流淌的河川、蜿蜒的海岸、清澈的海洋，以及肥沃厚實的大地和忠勤耐勞的泥土。而其中一個最主要的因素，就是那一年四季都在繁茂昌盛的山林，為我們創造了傲人傲世的絕代風華，也讓這個島嶼有資格被外人羨稱為「福爾摩沙」。

若干年來，山林一直都在慷慷慨慨的，給我們翠綠、給我們芬芳、給我們繽紛、給我們知識、給我們力量、給我們快樂；多少年來，山林裡的花草樹木們總是在努力的生活，拚命的生長，使自己成長得像個樣子。然後，以溫暖的胸懷和感性的臂彎熱情的接納我們。凡是在這裡生活過的人，不管是來自山野還是出自平壤，幾乎人人都曾直接間接受過山林的關愛，受過山林的恩惠。

做為一個山林恩典的受惠者，面對著這種情形，應該把它看成是自己的肌膚自己的生命一般來珍惜它、愛護它，使它活得順暢、活得尊嚴、活得積極。我們試想，一旦破壞了山林或是消失了山林，我們將何處去找可供心靈泅泳的綠色海洋？到何處去找可以飼餵我們的厚重芳香？到何處去看多彩多姿的鳥翔或蝶舞？到何處去找曲曲的山徑供我們徜徉？假如沒有了山林，幾乎就等於沒有了風景，如果那樣，我們的島也就美不起來了、寶不起來了。

我是一個山野山林的崇拜者、愛護者、感恩者和歌頌者，曾經用我的詩文深深刻刻的去寫它們、歌它們、讚它們，自台灣頭寫到台灣尾，自台灣西寫到台灣東，用我全部的心情去寫，用我全部的力量去寫。

遺憾的是，有太多太多的人不是這樣，他們認為山林是平凡的，是可以糟蹋的、摧殘的，可以不要尊重的。因此，我們這個島上，有太多的山林被欺侮了，被虐待了，甚至被凌遲了。於是，有許許多多的山林都被整得全身病痛，肢體瘦弱，甚至一塊一塊的在癌化、在死亡。

多年前，關心生態環境的學者專家曾警惕我們不要忘了「我們只有一個地球」，可是我想，在幾經折騰之後，我們生活裡的這個「地球」，現在還賸幾分之幾了？

2

據說大地會加以「反撲」的，像是賀伯、像是林肯大郡、像是神木村土石流等，或許就是。然而，這只是幾個可以登報紙上電視的少數例子而已。事實上，或大或小或多或少或輕或重或快或慢的，在欺侮山林蹂躪山林的事件，處處皆是，只要你認真的走走認真的看看，就會發現。

我是台北市東南邊陲接近山野的居民，這裡有一列蓊鬱青蔥的山脈，山上盡是濃密的樹林，間雜著蕨類、五節芒、翠竹、杜鵑、姑婆芋、颱風草、金露花、曼陀羅以及大蒲葵等多種花草；另有幾十種的蝶類和鳥類，還有在枝頭跳躍的松鼠和在草叢中進出的竹雞。這是大自然給這個現代都市的最珍貴的生態資源，也是千萬的都市人除了房舍金銀外所共同擁有的天然財富。若干年來，多少人靠它來營養眼睛滋潤心靈；多少人靠它來強壯體魄創造健康；此外，又有多少的學童學子，在這裡上過他們真實的大自然課。二十年前我之所以在這山腳下買屋定居，目的就是要享受自然之福和山林之樂。那個時候的山林，樹木是純純的綠，花草是清清的香，每一撮泥土和每一寸土地，都有著它們天賦的尊嚴。而我，也就一直在享受著山林的給予。

可是，這些年來，那些長於摧殘、長於破壞的罪惡之手，便頻頻地伸進了這片可愛的山野，把這些寧靜而俊美的山林，幾乎整得皮開肉綻，面目全非，其中最讓我痛心的，就是垃圾的氾濫和無情的褻瀆。

在通往山區的道路旁，小堆大堆的各種垃圾，毫無阻攔的被傾倒在林木間或是草叢裡；倒垃圾的人，倒掉了垃圾，也倒掉了他們的道德良心。我看到，有些無辜的草木被死死的壓在垃圾底下，想活都活不了。偶爾會有三五小芽自垃圾中奮力的鑽了出來，帶著一臉的怨氣向路人訴苦。

濫墾者們，則是無視於山林的美好，無視於土地的傷痛，不管土地是不是自己的，照樣會厚著臉皮劃為己有；然後，或是開為田圃，或是闢築莊園，或是……，至於林木的死活，土地的破碎，以及生態的扼殺，一概不管。有些土地據說是公有的，而擁有者們卻也不聞不問。

在這片山野裡，也有一些各種身分的喜山者或是愛林人，使盡力量加以維護山林的完美，可是，有限的建設卻抵擋不了無限的破壞。最近，又有人占山開雞場，臭氣濃濁，衝天漫野，所有成千上萬的、無辜的遊客或行人，誰也無法免予侵害。我們的山林啊！就這樣被無情的破壞著，卻沒有人能奈何他們，事實上也沒有人敢去過問他們。

在這裡，可以清楚的看到人心的敗壞和道德的沉淪；在這裡，也可以聽到山野的哭泣和林木的哀號，然而，不論是當事者還是職司者，就是無人回應。

（八十七年八月《勝利之光》月刊五二四期）

風景花東

1

總是認為，東海岸的風景早就被楊牧、詹澈、陳黎、葉日松諸詩家以及許許多多的文人雅士們寫光了。後來發現，進入那些詩文裡的，乃是花東風景的分身，它的本尊——肉體和靈魂，仍然佇留在那片土地上；活躍在那些鄉野間，而且，越來越豐美，越來越繁綻。

多年前，我幾乎是這裡一歲一臨的訪客，甚至，為了尋詩，曾經專程坐著「花蓮輪」前往單旅獨遊。當時，最深的印象和最大的撼動，是太魯閣的玄妙和立霧溪的險峭。那是上帝用來美化世間的恩物。神的智慧幽密深奧，是絕對的天機，凡人的筆墨只能讚嘆，無法析解。

2

在這裡，最誘人的就是花了。花是人類心目中最美的臉龐，沒有人肯失去當面對視的機會。

暖暖的陽光，涼涼的空氣，肥肥的土地，清清的流水；這是一塊適於花族們群居生聚的地方。金針、向日葵、波斯菊、野百合……一季季一批批的，自地層下冒了出來，並急急忙忙的，陣仗中的旗幟般，擎舉起了它們那豔麗的花朵。用豪爽的綻放和慷慨的繽紛，來展現它們生命的活力。壯闊的姿貌有若海洋。人是喜歡泅泳的動物——在歷史裡泅泳，在人海裡泅泳，在……。身旁的太平洋，或因水深浪險不敢涉足，這山野間的燦爛花海，卻不失為是一個玩波戲浪的地方。因此，那來自四面八方的賞花者，就在這無邊的花浪裡，浮浮沉沉，沉沉浮浮的，玩樂。

太陽公公善於眷顧，好像有意的撥了一批最美最亮麗的光束給這個地方，來飼餵這裡的花草樹木。而花木們，也就張大了嘴巴，猛猛的吞食。餵得容光煥發，永泛笑意。

蜂蝶和花朵是天定的姻緣，恆以繾綣和纏綿相繫。因此，在某些花叢裡遇到幾場蝶舞，在某些山徑上聽到幾陣蜂唱，並不稀奇。

3

這裡也是一個石族喜歡聚居的地方，自地裡至澗壑，自高岳到岸崖，相依相偎，自成家園。如今，它們把億萬年的古老生命，推上了現代的舞台，在全世界無數的公共場所和百姓的宅第，甚至是某些宮廷裡，找到了尊崇的位置，定居下來，成為族裔的新繁殖；宗脈的再綿衍。在那裡，它們以剛毅的身段和典雅的姿容，打響了美麗之島的名號。日日月月年年裡，有多少的異邦客和新主人，不斷的反芻著這些遠來友朋的身世——它們的故鄉是台灣，它們的名字叫大理。如此的遠行或遷徙，換得榮耀千百椿。

4

這塊濱海之域，也是很詩的。詩是一種芬芳，一種光亮，凡是嗜詩者或是愛詩人，無不競相與之親近。屈指算算罷！在台北參加世界詩人大會的各國貴賓們，結伴來過。聲譽飛揚的太平洋國際詩歌節，在這裡召開。知名或不知名的詩人詩家，也陸陸續續的來來去去。就連遠在溫哥華閉門孵詩的洛夫，也特地跑到這裡來完成他那〈背向大海〉的著名詩篇。詩人們所到之處，不止留下腳印，也帶走滿囊的詩思詩想。正因為如此，這裡的天然地貌和人文景致，早就在一些文學卷冊中，變成詩了。其光熠熠，其聲朗朗，詩之韻味既深又濃。

我也曾經是其中的一員，詠過和南寺，頌過掃叭石，也寫了這首〈初秋訪月廬〉：

晝日晴空無月
因月懸於我的心頭

入廬　壁間有古句相迎
未及坐定　景色便撲眼而來
這到底是　踏進一闋詞裡
還是　泡在一首詩中

忽有一彩鳥側翼掠過
無人能知其名

莫非是一隻小小的鳳凰
若果如此　那背後的山林裡
必有麒麟棲息了

山下的綠意雖然仍在
蕭瑟卻也浮上了枝頭
隨即用長長的視線
垂釣起滿鉤的秋色
入囊　攜返

（「月廬」，乃一山間休閒小站，是日係應詩人愚溪之邀，隨葉維廉夫婦、辛鬱夫婦和張默先生往訪。）

花東、花東，處處皆風景。迤邐綿延浪花飛躍的海岸線，浩瀚無涯一片湛藍的太平洋；充滿西北風味的放牧的大草原，山水鑲嵌起來的鐵馬道；清澈的溪水綠綠的山巒，靜謐的田野雅致的莊園；以及，張張憨厚淳樸的笑靨。即使那些極具特色的鄉莊地名如利稻、都蘭、瑞穗、鳳林、舞鶴、美崙、立霧、秀姑巒、太魯閣，也是一串美美的地理風景。這裡的每一堆山水裡，好像都住著一個神祕的精靈，只要靠近，很快的便會成為她的俘虜。

在這樣一個地方裡，那特別來此享受風景的人，說不定也會成為人們心目中的另一種風景，被熱情的包圍，被密集的拍攝，被訪問、被議論、被讚美。像是千里而來的洋客，熙攘好奇的陸團，以及那名字叫作楊甦棣的使者，被譽為法國鋼琴大師的巴佛傑，「輪轉花東」、「雙腳踩天涯」的單車騎士群等，都是如此。這是花東風景目錄裡新添的頁幅，未曾有過的「外一章」。

6

時光快快流轉，世事速速變遷，花東的大地上，曾經有過的冷寂和荒曠，已經悄悄地遠颺了；或許消失在大海裡，或許逃去了遠方。鐵定的是，它並沒有躲進縱谷身旁的叢林，因為，那裡也有風景在把關，如果敢於越境入侵或是試圖硬闖，一定會被趕了出來。

一向步調緩慢的花東，已經啟動了風景的列車，正在伴隨著太平洋上冉冉而昇的朝陽，快速前行。

（九十八年七月《文訊》二八五期，後選入《九十八年散文選》）

世間仍有奇葩開

大愛無涯

一個人，
不靠權勢不以利誘而服萬眾者，鮮矣！

有那麼一群人，幾十個、幾百個、幾千個、幾萬個……的那麼一群人，終日都在忙碌著，忙著搶救生命，忙著傳遞溫暖；忙著修補社會的破洞，忙著醫治患病的人心。他們啊！忙著以愛以善擦拭人間污垢，忙著用善用愛為眾生鋪築坦坦康莊。甚至，他們忙得忘記自我，忘記死生。

他們敏於知悉，也勇於奔赴，去的都是：山崩地裂屋塌樓坍的地方，橋垮路斷洪水肆虐的地方，血水泛溢淚水湧流的地方，身殘體傷遍地哀號的地方……

慈善的愛心自那個叫做「靜思精舍」的地方出發，不分方向、不計遠近的擴散而去，自本島而外邦，自什麼洲而什麼洋，自九二一到八月八日，自斯里蘭卡到海地，真的是無役不與無所不去啊！這樣的大氣魄大行動，必然是來自一種動力，來自一個樞紐。它就是，那個被尊稱為上人、法師和師父的智者、賢者、愛者……的釋證嚴。

她天天在講，日日在做，炯炯的眼神裡，潛蘊著多麼深厚的大慈大祥，她那諄諄的話語裡，每一字、每一句都能營養人生。她的信眾中，有的是學問家和知識家，有的是豪富者和上位者，以及，許許多多的賢達和精英。

一個人，不靠權勢不以利誘而服萬眾者，鮮矣！而為萬民所信服所敬仰的師父，就是其中的能者。

愛心如春風，能吹綠蕭蕭原野，上人就是這樣。

善行似冬陽，能煦暖冷冷大地，慈濟就是如此。

雕藝春秋

他的神指妙掌，能讓枯木復活，能為金屬創造生命。

玩刀弄鑿的鄉間童子，憑著他的智慧、聰伶和堅持，攀登到雕藝大岳的至高峰。眾聲歡呼不已。

他那銳利的眼力，可以穿透巨木的輪紋肌理，替刀刃探路，看看從那裡進，自那裡出，在什麼地方落腳播撒生命的基因，讓枯木復活，使它能生能立能大步而行。

一刀一痕，痕痕生輝，幾番刀起刀落，就是一樁超然的美之完成，或人或物或景或其他，皆不能用栩栩二字來形容。栩栩裡有呆，有滯；而這裡沒有，這裡面只有靈。

這些活生生的它們，一件一件的，進入了永恆無盡的時間軌道。有的與黌宮學府結緣，在那書聲朗朗的園地裡，古典了起來；有的跟藝術殿堂締親，在那瑰寶叢聚的廚櫃中，輝光熠熠，映照古今；有的，則是在許多的豪門巨邸裡，坐落成神，被虔誠敬謹的供奉著。

自木的領域進入金屬世界，他的指掌依然是法力無邊；指金金醒，指銅銅活，件件都可以讓它們成聖成賢。

自太極到兵陣，一路的輝輝煌煌，光耀島嶼，芒照世界，讓千百年來的藝倉藝廩，更加的豐富飽滿。

必然會想到事的源頭了。那參天古木或是碩碩巨棵，好像早就知道，千百年後，會有一個地方叫三義；會有一個雕者叫朱銘。它們，好像為此地此人而生。

將軍與少尉

一個平凡人，也能寫一篇忠孝史。

領軍，曾經統兵數十萬，聲震黃河兩岸和黃土高原。

為相，曾經腳踏大江南北，肆應千年未有的中原巨變。

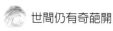

出將入相，獻計謀策，叱吒沙場與官場，榮華半世紀，滄桑五十春，最後是槍折劍銹，戰馬不嘯。老將軍不知是累了還是厭了，終於，在島嶼北端的山野裡躺了下來。這是每個人最後必須要選擇的一種姿勢，老將軍自不例外。不過，這雖是自己的國土，卻是他生命中的異鄉。

經此一躺，政壇巨浪，江湖濤波，盡隨日月遠去。惟，山中常風雨，林間多悽涼，木葉蕭蕭落，野蟲唧唧鳴，老將軍的墓中歲月，必然是空寂無聲，煢獨難熬。

好的是，那個隨他南征北戰出生入死的少尉，卻視長上如至親，默默然的挑起了護墓、點香的倫理重擔，五十年來，日日上山，天天膜拜，除非氣候險惡，絕無遺疏。

山高林遠，木鬱草蔥，一截小徑載不動半世的深恩。踽踽而至的老少尉，一人獨對孤塚，每一回都是心思萬縷從頭想起，往事已經氾濫成漫漫泥沼；那是回憶不完的世紀辛酸，反芻不盡的人間悲苦。常常裡，淚流不止兩行。那淚，滴滴點點的積起來，該已成池成沼，而他一日一來回的里數連接起來，也該遠及西歐。

日日上山，天天膜拜，青壯的上尉，已經自中年的頂峰步入耄耋。而他的腰桿，也從英挺走向佝僂。

戰時，忠將軍於沙場；此時，孝將軍於墓旁。一個平凡人，卻能寫出一部小小的忠孝史。

老將軍的大名叫閻錫山，所說的老少尉，就是張日明。

金蝙蝠

你們在寫歷史，歷史卻不寫你們。有一天，你們終於也被歷史收容。

暗夜是人們的夢境，卻是你們的黎明。對於勇者你們，這才是適於飛行的時刻，適於拋出生命的關頭。

展翼升空，不向東飛，不往南行，選的竟是西和北。因為，那裡有磁，吸著你們飛往。

摸黑飛行，不畏千里，為的是，想在大黑之中創造可能的大白。亡命遠疆或是埋骨荒野，無非是，要用自己的生命延續更多的生命，也許成，也許敗，總要經過試煉。試煉如試膽，這般的人生大事，只有你們才行。

前面是不見星光的未來，後面是千萬里外妻子的期盼和祝福，而你們自己，則是站在生死線上，撰寫大時代的故事。故事雖然曲折懸奇，卻無人有緣一讀，包括你們的友朋和親人，以及眾多眾多的，我們。

高空無路，卻有關卡，卻有塞寨，也有咽喉和險隘。說不定，在某一個剎那上，就會被殲襲，就會被米格，甚至就會……而你們，無畏無懼，只有向前。除此之外，沒有別的方向。因為，那裡有磁，那裡有非去不可的魅力。

在這裡，每個分秒都是故事，卻完全被埋進時間的深處，越埋越久，越埋越深，一埋就是五十載。

你們在寫歷史，歷史卻不寫你們。

悠悠半世紀啊！小小的黑盒子才被慢慢打開，讓故事們露出頭來。一群青壯的小伙子，到了爺爺的年齡，才被時代認可，才為歷史收容。真的是，「一個國家記得誰？」

在新竹，你們也終於有了一個巢，有了一個窩。生者或亡者，肉體或靈魂，都可以自由的進出，任意的飛翔。

不同的是，你們振翼的姿容或許依舊，而身色，卻由墨黑，變為亮麗的金黃。時勢驟轉，一笑泯仇，當年的對頭已經成為今天的親朋。花六十年的時光繞了這麼一大圈，是白繞？還是荒謬？

（九十九年六月《文訊》二九六期）

島嶼三章

樹景

飛機將要落地的時候，一個迴旋，便讓我從小小的機窗中掠視到了那片壯闊的樹景。樹們，有的是叢叢簇簇，有的是列列行行，有的是迤邐蔓延，有的是汪洋一片；葳蕤壯旺，蓊鬱青蔥，確實是夠看的。

無疑的，這就是聞名的木麻黃了。木麻黃是這個島嶼上的主題樹，曾經在這裡繁衍它們的子孫，綿延它們的後裔，興旺它們的大家族。

這裏的木麻黃多半都是十幾年或是二三十年之前，由一些胸懷愛心和耐心的異鄉人，以他們那熱情的雙手，像照顧嬰兒一般，把它們培育起來的。而多年來，這些木麻黃們，也就站在不同的角落裏，用力的生長，用力的青綠，用力的風景，或者是，用力的阻擋風雨，擎蔭生涼，鑲飾道路，涵養水分。因此，它們曾經受到歌頌，曾經受到讚美，也曾經入過詩，入過畫，入過鏡頭。

可是，我已經發現到，有些年長的木麻黃已經老了，甚至有的已經枯了。它們，禿枝斷幹的站在那裏，看上去，有功成身退的豪邁，也有筋疲力竭的淒涼。不過，它們畢竟是奉獻過了，勞累過了，因此，也會使人產生「春蠶到死絲方盡，蠟炬成灰淚始乾」的聯想。如果李商隱在世，面對這些肌乾骨裂的木麻黃，大概也會再成詩一首了。

看樣子，再有一段年歲之後，這些有深恩厚澤於這塊土地的老木麻黃們，將會一一的回歸泥土與永恆。

不過，我也另已發現到，這個島上，已經有一些新品種高質料的樹類出現了，楓樹便是，另外還有一些叫不上名字來的。尤其是楓樹，已經相當普遍了，有的地方已經形成了楓園、楓林和楓道，且已製造出了層層紅紅的楓景。當然，有的還正在襁褓中，一如當初木麻黃的成長，新一代的異鄉人們正以小巧玲瓏的密密方籬來護衛著它們。

看樣子，這是主事者讓他們來取代木麻黃的了。

晨趣

天色初亮時，緩步走向戶外，立刻便被清新的空氣所浸滌。這裏的空氣出奇的精純，出奇的鮮嫩，也出奇的清涼。原來，這個島嶼上，不只是產高粱酒，不只是產花崗石，也產特級空氣。這種特產，真是可以裝在瓶罐裏外銷。

這實在是一個幸運的機會，我自然不會輕易放過，於是，立刻便清清喉嚨，大口大口的吸納起來，大口大口的吞嚥起來。它成為我早餐之前的一道美味可口的甜點。

有風徐徐吹來，也是清清甜甜的，不過，那裏面還夾有一點點浙土閩泥的味道，還夾有一點點漳米泉蔬的味道，因為，它是來自那個方向。這裏的風，不也是一種特產嗎！不也是宜於大口的吞噬嗎！

驀然轉頭左視，屋旁的花園裏，正有一些鮮艷的紫羅蘭、九重葛和聖誕紅燦爛的綻放著，看表情，也是在享受晨間的空氣晨間的風呢！此時已有亮麗的陽光照射過來，它們也是在享受陽光啊！因為，這裏的陽光也清明得出奇。

再往左去就是一座山，山上種植了密密麻麻的小黃竹，不但生機勃勃，而且挺秀得極為可愛。黃竹的長勢是整齊的參差，也是參差的整齊，那種畫面只有在臺灣的某些山區裏才可以看得到。奇怪的是，怎麼會在這閩海的島嶼上來了一次翻版！

雖然已經日昇東方，然而這附近還是非常的寧靜，有時候偶有騎腳踏車的學生走過，有時候會看到輛吉普車或是計程車。美麗的鳥類倒是不少，有的在枝頭鳴叫，有的自身邊飛過，說不定也會在不遠處的草地上落腳。

較遠的地方有一個湖，湖水清澈明麗，湖面輕蕩漣漪。那是一個野鳥的家園，不時有鳥類飛來飛去，或者是在那裡戲遊覓食。其中有水鴨、白鷺，以及幾種體積較小的鳥類。湖畔的公路上常有行人車輛通過，而鳥們卻坦然以對，毫無驚意。在這裡，人與鳥之間已經建立起了信任與和諧的關係，這是我多少年來所沒有看到過的情景。

站在此地，有一種置身公園的感覺，因此便想到，在這裡，所謂的戰火，所謂的硝煙，似遠似近，亦近亦遠。

舊痕

車子在平整的柏油大道或是水泥支道上彎來彎去；或許是金東、或許是金西、或許是金南、或許是金中，或許是太武山的肚腹。不論行至何處，眼前都是些新鮮的事物。對於一個曾經在此生活過的人來說，有一種猛然大變的感覺；變、變、變，道路在變、人物在變、屋宇在變、林木花草在變。

可是，那天成的山形地貌和土色都沒有變，某些區段的特色特徵也沒有變，因此，每每經過一些舊地的時候，便會發現一些舊時的蹤跡，或者，會湧起一些早年的往事，而最容易想起來的，就是三十多年之前，一群詩人公餘之暇裏促膝談藝、把酒論詩的景況，就是一夥人大談波特萊爾或是里爾克的景況，大談哈姆雷特或是《差半車麥楷》的景況，那是一段多麼嚴肅又是多麼浪漫的時光啊！

於是，我便有了這樣的發現或感覺——

當車子繞過舊金城的郊野而抵達一個叫做歐厝的地方時，我便朝著一堆房宅望去，喂！那不是狂放的沙牧當年握杯獨酌的舊址嗎！

當車子爬上一處山坡而可以遠眺到對岸的另一個島嶼時，便一下子想到，那不是寡言的徐礦，頻頻書信、頻頻詩簡的地方嗎！

車子往另一個方向行駛，幾番奔馳之後，一個叫做東店的地名站牌倏然自眼前閃過，立即探頭外望，喂！那不遠的林叢裏，不就是聰慧的梅新當年守燈苦讀的營帳所在地嗎！

車子再往前行，自沙美前往新市的途中，忽然看到了埕下的名字，於是我便朝著一處山腳的石叢望去，心想，想當年，深沈的辛鬱不是曾經在那一帶的某一座戰堡裏凝目釀詩嗎？

至於一夫的電台或是戰鴻的營地，雖然沒有經過，可是，我也曾經一一的想起。

往事舊痕，總是有再度重現的時候。

（七十八年四月一日《中央副刊》）

彎曲歲月
——幫樹根說說話

樹是生長在地上的植物，
根是活躍在地下的動物。

作為人類的大恩者，樹的天地是寬闊無涯的，樹的族裔是壯茂浩繁的，樹的大生命是綿衍恆久的。

奧秘無限的生物世界裡，誰有昂然數十丈的巨大的身軀？誰有一站幾千年的長壽本領？除了樹。

樹之所以能夠如此，不光是緣於它本身的活力，而是因為有根——那些善盡職守的、埋頭苦鑽的根。

那些棲身於地層下，生活在泥土中的根，一生所遇的都是彎彎曲曲窒窒悶悶的黑暗日子。我們看來很痛苦，而它們覺得很快樂。樹是我的至交，根是我的親朋，我曾看過，一簇簇的根鬚如何讓一棵棵的小樹葳蕤勁挺；如何把一棵棵的巨株推向長空，如何讓眾樹們成林成森。

我知道，作為一個不見天日的生命，樂就樂在，用所有的分秒，在無路可走的困境中，穿洞鑿隧，架橋開道，為樹也為自己，尋找生命的泉源。然而，石堅沙硬，不見細隙，這樣子的工程，沒有幾手好功夫，是行不通的。

當然，樹根也不全然是活在地下，有些是攀在峭壁懸崖上，爪子般的，緊緊地抓住每一個可以用來穩定樹幹的地方。因此，有些樹棵傾身斜體於半空之中，看起來隨時都有倒掉的可能，其實，它們的腳跟卻是站得穩穩的，這就是根的力量。同樣的，在這般艱困的部位上，能夠盤岩纏縫成功立足，根們，沒有一點力學修養，也是辦不到的。

無情的颱災中，殘酷的土石流裡，有多少的樹族，流離失所，可是，在此之前的那段掙扎的時光中，每一條根鬚都曾經為了挽住樹棵的生命而奮力搏鬥。有些樹雖然已經倒了下去，甚至還會被迫推向異地異域，而那些隨行的根們，只要逮到機會，就挺起身子往泥土裡鑽。有時候，真的會把一棵瀕臨死亡的樹給救了回來。某種情況下，樹幹已經壽終了，而那些奄奄一息的根，說不定還會冒出新芽來，成為那棵離世母樹的第二代。

樹根們走到生之盡頭後，不只是枯腐一途，有些奇異者，居然成為名貴的雕飾，走進藝城，古典了起來。曾經在某一場合見一虎形的巨大根雕，據說已經有三百多年的歷史，屈指一算，哇！來自大明的！這使我想起，在一部關於明代傢俱研究的鉅著裡所看到的，那些珍貴的木製具物，它們的原體，莫非與此一根雕是同個族裔？

樹是無處不在的。看到樹就想到根，想到根就看到它們在那裡忙著：

鑽鑽復鑽鑽
吸一口水　交給枝幹
啣一口食　傳給花果
吸一口水　傳給花果
啣一口食　交給枝幹
循環復循環

人類的衣食住行裡，處處都有樹的身影，處處都有樹的恩惠。感謝樹也感謝根。社會是一棵巨大的樹，它需要根來供應養分，我們就是那一條一條的根。

（九十七年五月《文學人》創刊號）

山林詩串

一個戀山者，經常進入山林：或者是採風景；或者是求靈感；或者是尋寶貝；或者是找健康。而每有所見所感，很可能就會成為小小的詩篇。我，就是如此的享受我的山與詩、詩與山的生活。

早在三十多年之前初與山林結緣的時候，就深深的被山感動了，感覺上：

群群的山巒如部部豐厚的卷冊
迤邐復迤邐
連綿復連綿
在時間的長流中
裸其奧義
隱其真髓

於大地之上
我乃是一個饑餓了很久的讀者

既然是一個「山的讀者」，當然是要常常「讀山」的；

遠遠的讀其蒼茫
近近的讀其清幽
粗讀其豪放
細讀其深。
讀青讀綠
讀和諧
讀靜謐……

綠，是山的主調，也是山的特色。如果有山不綠，這座山也就美麗不起來了。我所結交的山野，都是綠的，而且是深綠，是濃綠，是難分難解的那種綠。

所以我說：

既慷慨又豪放的綠
在山中每一寸土地上
固體著也液體著

在山林裡常常看到一些奇形怪狀的根鬚，為了替它們的母體尋找養分，不惜拚著老命，出入地層或是攀岩附壁，狀至感人：

地層下
弓著身子過生活
彎彎曲曲
窒窒悶悶
苦是苦了一些　但是日子一久
也就成為一種快樂。

我日日進出的四獸山，動物、植物，種類繁多，有很豐富的生物資源。我曾經寫過此地的「動物誌」和「植物誌」，像是動物誌裡的〈五色鳥〉：

枯木因為不能繽紛而寂寞
我這彩球般的站立
便成為開在乾枝上的
花朵

植物裡的〈大曼陀羅〉：

把銀色的喇叭高高舉起
吹出的
純粹是道德的呼喚
不帶一絲謊言

有一次，在另一個山區裡看到了許多「梯田」，我知道那是由從前的許多老農，像藝術家一般，一鏟一鏟或是一鋤一鋤「雕刻」出來的，感動至深，所以我說：

層層疊疊的
順著山勢迤邐而上
爺爺的生命像山
額頭上也有這樣的梯田。

我是屬於看到老農額皺就想到梯田的那種人。

在山林裡觀賞風景的時候，偶爾會聽到來自地層下的山的話語：

不要光看我身上生長的是甚麼
重要的是
你要看看我鼓鼓的肚腹裡
孕育的是甚麼！

山，不只是在地球上占了極大的面積，也在人類的生活中或是生命裡，占有極大的空間。山之投世，主要是為了全人類大生命的健壯與綿延，因此，山的生命已經進入到神的境界：

禪修到極致
甚麼也不在乎了
即使是踐踏
即使是蹂躪
即使是劫掠
即使是燒烤
甚至是挖空了五臟六腑

是的，所有的山，幾乎都是如此！

我生活中的硬體是山
軟體是水
生命的框架
是由山水充實的
裡面盡是山姿水貌
盡是山言水語

這是我重要的生活方式，也是我所堅持的生命態度。

這些小小的詩篇，原是採自山林，而如今每次入山，卻發現它們又回歸了原鄉，一串一串的，或是掛在山崖或峰頂，時而搖曳生姿，時而琤琤作響，山與詩，就如此這般的融為一體了。

遺憾的是，近些年來有許多美好的山林遭到嚴重的污染和破壞，山林雖然忍痛不語，而作為受惠者的人們，總應該發揮一下起碼的愛心罷！

（九十三年六月《吾愛吾家》三〇六期）

山緣　山情

擁抱山或是被山擁抱，都是一種享受。

我是一個喜歡山、迷戀山並且讚美山的人，與山結緣數十年，山，對我太厚，給我太多，但我卻無以為報。好的是，山並不因為我沒有回報它而冷落我或是拒絕我。

我深深的體會到，登山是最方便、最愜意的活動；也是收穫最多意義最大的健身方式。登山，不需要什麼工具，更不需要甚麼成本。至於遠近高地，山姿山勢，可以自由選擇，隨意安排。就因為有這種體會，二十多年之前，便成為四獸山的近鄰，並且，彼此之間也成為友朋和知己。

四獸山，是距離台北市區最近的山野，裡面有豐富的植物資源，像是高齡的相思樹，大叢的野杜鵑，以及五節芒、姑婆芋、颱風草、曼陀羅和各種蕨類等等。動物方面也很多，像是各種鳥類、各種蝶類、各種蛇類，特別是鳥類，大至大冠鷲，小至小麻雀；醜的有黑烏鴉，美的有五色鳥，種類繁多，鳴唱不絕，所以我常說，這個地方是蝴蝶的天地，是鳥類的莊園。而更為突出的是，跳躍於林間的松鼠，進出於草叢的竹雞，為這處山林增加了許多野氣與原始風味，這可能是附近其他山區裡所不容易看到的景象。

四獸山是一處慈祥大度的山野，一年三百六十五天裡，總是慷慷慨慨的張開熱情的懷抱，接納人們的投入。一條條深藏在綠樹中的幽幽山徑，總是溫馴的把無法數計的登山客，接上山來，讓他們自由自在的，品嘗山趣，享受山恩，然後，一如來時，又溫溫馴馴的，把他們送下山去。

清晨三四點鐘的時候，山野間或是山道上，就有一些愛山者和戀山人了，隨著晨曦之漸現，人數便愈來愈多，如逢假日，登山客便多得有些熙攘了。我和我妻是屬於四、五點鐘的那一群，此外，如有空暇，下午再來山上。

對於有意到山裡來尋找健康的人來說，清晨是一段最美好的時光，因此，清晨的山道上，盡是急急的腳步，盡是閃閃的人影，盡是串串的早安聲。

這些登山者和戀山人中，有老年人，也有中年人和青年人；有熟面孔也有新面孔；有在地人也有外來人。約略看看，其中以中老年人為多。在這石塊砌起的山徑上拾級登高，真可說是一步一喘息，一梯一汗滴。即使如此，我們那具有韌性的登山客們，總是不怕勞累，不畏艱辛，日日與山相伴相戀。對於他們，看上去是付出一些力量，事實上，他們是在以力量交換健康，因此，當吃力的腳步一步一步的踏出時，健康便自他們的腳步上緩緩的進入了他們的體內；推揚起了若干的脊樑，紅潤起了無數的臉龐。所以，在這裡，如果以一般的印象或標準來猜測一個人的年齡，十之八九是猜不準的，尤其是對於年紀較高的人，更不易猜中，因為，他們的外貌看上去多半都會比其實際年齡低得很多。一個看上去只有五、六十歲的山中常客，他的實際年齡可能已經七十多歲或是近八十歲了。

其實，對於一個登山者來說，除了健身，還能健心。一旦你進入山林，或是蓊鬱青蔥的樹木，或是稠稠密密的草叢；或是一場蝶舞，或是一闋鳥歌，都是在山下的屋宇中和街道上所不易得到的。如果你選一高點縱目遠眺，大片的城鄉山河，一覽無遺，那種山中眼界寬闊的感覺，妙極。此外，你如果聯想到我們那可愛的山，除了以它的風景飼餵人們的心靈，以它的肢體健康人們的身體，以及它那廣闊的肚腹裡又為人們的需要孕育了金銀銅鐵煤炭石油時，對於山的認識、對於山的感情、對於山的敬重，就更深了。

我常常想到，山中是多寶的，於風景寶、資源寶之外，還有生活寶、知識寶、健康寶等等。我們這個多山的島上，有許多喜歡我們投入、喜歡給我們健康給我們寶的山。我也常常想到，自山的身上獲得恩惠的人也愈來愈多了，如此看來，山，慈祥的山，不但健康了人、寶了人，也直接間接的，健康了我們的社會，寶了我們的社會。

擁抱山或是被山擁抱，都是一種享受。山恩無限大，山恩無限厚，山恩無限久。

（八十八年六月《吾愛吾家》二四六期）

奧秘鄉野

人類的文明湧動在城市
大自然的奧秘隱藏在鄉野

浩浩大地，漫漫山林，其中的一草一木一砂一石，甚至是一滴露一縷風，都有它神奇玄妙之處。有些現象，根本就無法用一般的常識、方式和程式去解析。所以說，鄉野，不只是一個生產資源的地方；也不只是一個創造風景的地方；而是一片奧秘一堆謎，一串串的不可思議。

我就曾經體會並且印證了這樣的現象。

我們幾位山友幾乎是日日登臨的這片山野裡，有一種生命力強繁殖力快的小花，是我們天天看，天天談，天天讚美的對象。這種花，矮者幾寸，高者數尺。莖葉肥壯嬌嫩，花朵鮮艷多彩。幾年或是十幾年前，偶爾會發現到她們的存在，也僅僅是稀疏錯落寥寥無幾的景象。如今，處處都有她們的地盤，處處都有她們的鄉邦。有的繽紛起了某些路段；有的燦爛起了片片山野。甚至，也把腳步邁向了城邑，或在牆邊，或在園圃，或在盆盆缽缽，有的是鑲崁，有的是裝飾，成熟起一些清明亮麗的風景。

小花快速的繁殖過程是令人驚訝的。一粒成熟的種子想離枝而去，落地生根，一定要靠鳥的啣食、人的拋撒，以及自然的裂彈。可是，怎麼會那麼快、那麼廣呢？早期的小花，好像是只有一個顏色，如今，純白、深紅、淺紅、桃紅、什麼紅的，好幾種了，誰幫你們變的？難道是自己創造的，自己發明的，自己塗抹的？

我們與小花已經有相當親密的感情了，卻不了解她們的身世，甚至連叫什麼名字都不知道！直到有一天，在一本不起眼的小冊子裡找到了——「非洲鳳仙」。

在我們的生物術語裡，自然是屬於「外來種」了。這更引起我的好奇：非洲！一個遙遠的異邦，你是怎麼來的？是乘船漂洋過海？還是搭機飛越千山？誰是來此的最初？非洲的生命，美化了島嶼的山野，值得驕傲吧！非洲的驕客，遠離了荒涼，在這裡子子孫孫的繁宗衍族起來，別有一番感受在心頭吧！在許多地方，你們沿著山勢往上攀，一直攀上山頂，想必是要找一個較高的地方，望鄉！看看那枯旱的出生地是否還在枯旱？看看那貧窮的老家是否仍然貧窮？看看啊！看看啊……

遠來的訪客，奇特的新移民，你們有能力來到千萬里外的台島，應該也有本事去歐美、去紐澳，去中東的大沙漠，去康藏的大高原罷！到某個時候，你們的子孫遍世界，你們的後裔貫全球，所有的人類，都會看到你們那翠嫩的身段，紅潤的臉龐！都會聽到，你們那甜甜的笑語，柔柔的呢喃！

（九十七年八月《文學人》第二期）

大海的恩典

假日裡，大家跑到海邊來歡歡笑笑，舞舞跳跳；來藉著水水沙沙驅掉一些疲勞，紓散一下身心，是多麼美好的人生樂事。當我們看到大海這般熱情的歡迎我們，接納我們，擎托我們，包容我們的時候，很快的就會想到它那厚重無比的恩典了。

大海，曾經以它的生命鋪展成為寬闊道路，讓無以數計的船艇舢舟自上面走過；讓人類的文明自上面走過；也上我們的歷史自上面走過。在人類還沒有能力振翼凌空的時候，大海是讓人類不必舉步就可以遠行的唯一智者。甚至直到現在，還是勤於載馱，勤於浮送。忠勤慈厚，一如往昔。

大海，也以它的豐富資源飼餵我們，養育我們、成長我們。在漫漫無涯的時間裡，人類到底吃了它多少，用了它多少，消耗了它多少，誰也算不出來。我曾經說過，大海是漁人的田畝，永遠也收穫不完；現在我要說，大海也是我們的礦場，也永遠開採不盡。

大海對於我們，該是恩重如天了，那是怎麼感激都感激不完的，可惜的是，我們竟沒有甚麼可以回報。

現在，它又以這樣的關懷來眷愛我們，以這樣的濤波來歡愉我們，以這樣的臂彎來摟抱我們，使我們覺得它的恩典是越來越重了，也使我們覺得更加的感激不盡了。

今天，又是一個接納眾生逐波弄潮的日子，海灣裡的人群，一批批的來來去去，一批批的去去來來，幾乎是沒有斷過。看上去，我們的大海實在夠累的了。其實，大海有大海的氣度，大海有大海的修養，大海有大海的能量。這種情形，特別是在傍晚的時候更容易看得出來。我們看到，千千百百的人們在這裡抖卸疲勞，在這裡嚣攘笑鬧，在這裡踐踏蹂踩，在這裡製造混沌；而大海卻耐著性子一一的把它們拾掇下來，收留下來，然後，加以吸收、加以消化、加以滌濾、加以蛻變，一夜過後，又讓長長的灣灘，寧靜如昨，清新如昨，以新的姿貌，迎接另一天的開始。

我們有幸，生活在這個四面環海的島嶼上，隔不多遠就有一個自然天成可供泳玩的海灣。每個海灣都是大海的使者，所以，它們所給予我們的，都是同樣的多、同樣的重、同樣的豐厚。

（《勝利之光》月刊）

聖城作客

十幾年中，曾經來過三次聖地牙哥，惟時間都很短暫，今年春天的這趟探親之旅，為期近月，是比較長的一次。

幾年不見的聖地牙哥，新築的大道又多了幾條，新興的社區又增添許多。大道是以龍騰之姿朝著遠方昂然竄奔；宅群是以茂密的氣勢向著鄉野快速迤邐。大道的竄奔，狀活了這個年輕城市的筋骨；宅群的迤邐，豐美了這塊濱海土地的姿容。聖地牙哥的輝煌歲月，還正年輕，它的生命之礦裡，還蘊藏著深不可測的珍貴寶藏呢！

海灣裡裝的是翠玉，岸崖上鑲的是瑪瑙，有些沙漠已變成了綠洲，有些土地已蛻化為金銀，而各式各樣的風風景景，就在這山山水水間閃爍著，一些嗜景的人，便自不同的地方向此聚集，以急迫的眼神猛猛的吞食，用來填補感官的饑餓。於風景之外，這裡的陽光也成為一種營養和補品，人們也樂於大口的吃喝，開懷的享受。這裡有許多來自外地的白髮長者，它們把青壯歲月交給故鄉，而跑到這裡安度他們的晚年，為的就是這些風景和陽光。當然，還有氣候，還有空氣和水，以及那份安然的靜謐。

有誰不想擁有一個乾淨舒適的窩居之所呢？有誰不想擁有一片美好的生活環境呢？這些答案，很容易就可以在此地找到。生活在這裡的人，總是喜歡把他們的庭院花木扶疏起來，總是喜歡把他們的居家周圍綠草如茵起來。因此，有些家戶都像花圃般的俊秀，有些社區都像公園般的雅麗。空曠的土地上，不是花草就是樹木，要不就是慷慨鋪陳的草坪。唐詩裡說春城無處不飛花，在這裡，除了飛花外，也無處不翠綠。

華人經營的「大華」，兩岸三地的食品幾乎是應有盡有，特別是來自台灣的，種類更是繁多，因此，去「大華」，便成為日常生活中重要的活動之一，尤其是春節之前辦年貨的時候，非跑一趟不可。這是一個很東方、很中國，更是很台灣的超市，看得出來，有些人是去購鄉音、購鄉訊，帶回他的異鄉居室裡，享受、咀嚼或反芻。至於那些稚童和青少，他們就不需要這些，因為，它們沒有背鄉離井，他們的景就在身旁，他們的鄉就在腳下。我跑「大華」另有一因，就是買《世界日報》，這幾乎是我國內資訊的唯一來源。「台灣文學經典」書目的評選，就是在「世界副刊」上看到的。

客居聖城期間，也去拜訪了在加州大學任教的詩人葉維廉博士，賢伉儷以精美的茶點熱情接待，我們談詩也論藝，也欣賞他豐富的藝術收藏。臨走時，葉氏還親自採摘了二十幾個芭拉送給與我同去的孫輩。葉家優雅的府第是傍山而築，前後庭院花木壯茂，詩人在摘芭拉的動作，使我想起「採菊東籬下」的畫面。

硝煙已經散去，艦影已極稀疏，舊城裡的古典芬芳更加香郁，新區裡的現代風貌更加清新，這美好的濱海都城，正在秀麗的美南，高高的站起。

（八十八年八月四日美國《世界日報副刊》）

槍枝與戰火

槍枝

不論是何洲何國或何地，總是會有一批批的槍枝們在誕生、在遊走、在喝令一些無辜的生命應聲倒下。

看來是很驚心的，可是，到目前為止，槍枝們所能做的，除了這些，別無其他。

有些年歲裡，一些為人之子為人之兄為人之弟的好好的青年們，在貝魯特的巷道內、在貝卡山谷的荒野間、在薩爾瓦多的牆角下、在尼加拉瓜的鄉郊裡，以及在兩韓之間的停戰線上，持槍而立、握槍而蹲、擁槍而臥；我們這個世界啊！真夠戰爭。如果，這些好好青年們的手裡所握的，不是槍，而是一把吉他或一隻琵琶，則我們這個世界啊！該是多麼的音樂。

又有一些年歲裡，成群結隊的槍枝們，在中南半島的叢林裡跳躍著、竄奔著；在中東地區的大漠裡嘩笑著、怒吼著。大地肅殺，草木含悲，人類生命的尊嚴，蕩然無存。

我想，如果槍枝是一種可以栽種的莖桿植物，把它們遍植在一片片肥沃的土地上，讓他們抽芽生枝，甚至開花結果並成陣成林，則我們的世間風景裡，該會增添多少的新趣和新貌！

戰火

人世間的戰火，何其之多！何其之烈！何其之慘！

熊熊的戰火，燒過商周、燒過戰國、燒過秦漢、燒過唐宋元明清，以及我們曾經走過的一段歲月。

紅紅的戰火，曾經在亞洲燒過、在歐洲燒過、在美洲燒過、在非洲燒過，也曾經在我們身邊燒過。

而旺旺的戰火，不久之前還在波士尼亞和南斯拉夫的城鄉裡，得意的熊熊過。有些地方，也許並看不到戰火的影子，但是，可怕的火種卻仍然在那裡隱隱的埋藏著，迫不及待的火苗們，隨時都會探頭冒出。

戰火的燃起，總是有理由千百個，可悲的是，那旺盛的火燄火堆裡所燒烤著的，卻是一些生命、一些幸福、一些雜亂故事、一些慘酷的悲劇，以及一場賭事和所謂的輸贏。戰火也可以把一塊活活的歷史燒死，把一些芬芳的土地烤焦。至於鴿子這類溫馴的禽類，自然是難以逃掉。

戰火熊熊，戰火紅紅，戰火也熱熱，然而，戰火卻不能用來取暖，也不能用來炊爨。

戰火就是戰火，只能野焚，不宜家用。

每當戰火燃起，不論是多近多遠，不論是何向何方，都會為之戰戰慄慄，不知點火人和煽火者們，能否視及！

（八十五年二月四日《聯合副刊》）

101

高高挺挺一座樓，是不是太單調了一些？我的答案是——不會。理由有二，一是它的個頭太高太大太魁偉了，「誰」有資格跟他並肩而立？二是別光看它的玻璃外表，要穿視它的內裡。它那巨大的肚腹裡，足足的容下幾條街道，繁繁茂茂的像是一座小城。

有人常常喜歡用「水泥森林」來暗諷都市的醜陋和文明的冰冷。我卻不是，我堅決的不是這樣認為。我是一個忠實的高樓崇拜者，有多篇的詩文是讚美樓的，歌頌樓的，特別是高樓。因為，那是智慧的代表，富足的代表和文明的代表。水泥無罪，樓無罪。有罪的是人，是它的使用者或者是詛咒者。

１０１的出現，是我們的榮耀，是我們的驕傲。它那高大的身軀，讓全世界的人都看得到。讚美之聲不只是迴蕩在他的身邊，也游動在島嶼之外的很多角落。101，簡簡單單的三個筆畫，就把我們國家的名字，高高擎起。

（九十八年八月《文學人》第六期）

尋找饑渴的田畝

一部蒼老的水斗車，出現在台灣北端三芝鄉的休閒公園裡。右前方有隱隱可見的新樓房，左前方有相當新潮的方形路燈；一看就知道，水斗車雖然古樸雅致，卻是透過現代技術打造出來的產物。不過，這不影響他的地位及身世。從它那每一分寸粗壯的肌膚上，就可以看到那又久又遠的生命源頭——也許是明清，也許是宋元，也許是……

天真的稚稚童子，悠然的倚在車旁的欄木上，莫非是在諦聽歷史的聲音；還是在做個手勢，讚美水車的功績。你可知道，在若干年若干年以前，這部水車的老祖宗們，是如何的用它的生命引水進田，灌溉土地，飼養莊稼，讓我們的老祖宗們，免於饑餓。

這天，老水車雖然暫時休歇，可是，我仍然可以從它的姿容上，看到那清清的圳水，在斗格之間跑上跑下，急著去尋找那饑渴的田畝。

（九十八年十一月《文學人》第七期）

閃爍在時間之流裡
——對古藝品的詠讚與懷思

有人說時間會凝固成歷史，我想，歷史是不是會凝固，我不敢斷言，但是感覺上，時間卻是生命一般的流動著，因此，我曾寫過一首題名為〈時間之流〉的詩，其中有這樣的句組：「時間／靜靜地流著／浩浩乎自遙遠的往昔流來／浩浩乎朝無窮的未來留去。流來了一些生命／流來了一些死亡／流平了若干帝王的印璽／流死了許多活躍的故事。時間／靜靜地流也洶洶地流／流生也流死／流存在也流虛無」。

誠然，在時間的巨流裡，有些東西的生命是可以垂之千古的，但是，最能夠永恆燦爛的，卻是藝術品的生命。因此，我對藝術品，特別是我國的古藝術品，是至忠至誠的欽敬與詠讚。近幾十年來，我國的若干珍貴古藝品，有幸在外雙溪的故宮博物院裡落腳定居，成為我們國家民族的最大文化財富，而我們也有幸能夠前往觀賞，也成為我們生命中的一大福分。由於我對古藝品的癡狂尊崇，經常以詩來表達我的感動和感觸，多年之前，曾經以故宮為題材寫過兩首詩，其一是：

我曾經在此放眼
把視線掃過三代
掃過隋唐
以及那一串長長的歲月
我乃窺見
一個來自筆尖的太陽
一條來自刀尖的銀河

古陶們醒著
翡翠們醒著
它們
醒在一片輝煌中

我曾經在此放眼
把視線掃過中原
掃過敦煌
以及那一片遼闊的原野
我乃嗅到
陣陣馥郁
陣陣芳香

其二為：

山峰們
十指般的
捧著一座寶藏
盈盈珠玉
熠熠光輝
五千年的財富容於一廈

非廟
非神
無香
無火
而來自遠方的膜拜者們
卻恆是浩浩蕩蕩。

他們
雖然不是饕餮客
卻以一種難耐的餓姿
飽餐我們的歷史
然後
在此佇立
靜聽甲骨的言語
默嗅古鼎的芬芳

的確，每到故宮，或是每到外雙溪，或者是每每想到這兩個地方，就有一種肅然起敬或是自己渺小的感覺。

由衷的欽讚

我常想，藝術是一種芬芳一種美，一種讓人不得不加以敬重的力量。藝術也是一種永恆一種神，真正而有價值的藝術品，是至香至大至高的，雖然它是人所創造出來的，但是除了創作者外，其他的觀賞者，可能都會被它所折服，我就是這樣的一個人。

折服之後呢，必然就有感想，必然就有話說：看看我們西周時代的「周公鼎」吧！

三隻有力的足，穩穩實實的站立著，真正是所謂的「三足鼎立」，更難得的是，一站三千年而不改其姿容。即使那段出土入土流流徙徙的紛亂歲月裡，它的立姿仍然是英挺而昂揚的。如今，它不只是一件器皿，不再是一塊青銅，而是一塊歷史，一堆文化，一團芬芳，一種驕傲。它的價值是超金超銀超珠玉的。而它的身高，也不再是五十三點八公分了，已經是五十三公尺或是五十三丈了（事實上，它的精神高度與價值高度，是無法丈量的）。

看看我們戰國時代的「龍紋珮」吧！

在那樣久遠的年代裡，我們那充滿智慧的先祖們，就以其耐心，以其毅力，以其藝術眼光和巧巧細手，雕琢出這種曲曲生姿的生命之龍來；龍珮為雙S型，如果握在手裡，定會有一種蠕蠕欲動的感覺，也有一種急欲彈奔的感覺；我想，故宮的主事者們如果肯於放他們游出室外，說不定真的就會飛馳而去了。一去千萬里，那去向，或許是太空，或許是戰國；或許，就在我們的天空裡盤旋翱翔，騰騰不歇。很可能就不再下凡了，因為凡間過於囂鬧。

看看我們商周時代的「饕餮紋方尊」吧！這也是我們的文化之寶，藝術之寶，三十多年之前曾經去美國周遊諸大都邑散發光輝之寶。

尊上只有紋線沒有銘文，而那別具風格的紋線所表現出來的藝術效果，足足令人驚奇的。

在時間的浸泡中，它並沒有甚麼光澤，也許當初就是如此古樸，在這樣的一個古銅器身上，古樸就是藝術，古樸就是美，而對著如此的一件寶物，想到三十個世紀之前誰是幸運的舉杯者呢！

那是具有生命的

要看的、要想的、要說的、要寫的，實在很多，除了前面所述之外，我最鍾情於唐朝的「三彩陶馬」和清朝的「翠玉白菜」，在我的感覺裡，那是活生生的一匹馬，活生生的一棵白菜。馬齡三千歲，菜齡也是幾百年。因此，我曾以敬謹的態度，以詩詠之：

唐・三彩陶馬

蹄聲答答
嘶聲陣陣
自唐宋元明清一路響了下來
沒有執鞭者

沒有馭馬人
不必停步
不必盤韁
就這樣一路答答下去
一直答答進時間的深處
一直嘶嘶上永恆的高原

清・翠玉白菜

昨夜的清露猶在
今晨的泥香猶存
即使再在時間裡埋上千百年
依然脆嫩
依然晶瑩
而那猛猛饕餮著的螽斯和青蝗
仍然是不能用手指去碰的

一碰　就會
跳
走

真正具有藝術價值的藝術品，特別是古藝術品，是時間之流裡的高山大岳，是歷史歲月裡的巨樹奇葩，甚至是稀珠異鑽或是日月星斗。我在前面所提到的，只是幾件具代表性而且自己所特別喜歡的東西，事實上，我們的古藝品何止千萬件，即使是物器或雕塑，也就夠豐繁的了，其他方面，還有書畫呢！還有石器呢！還有竹器呢！還有漆器木器和琺琅以及織繡呢！多得舉不勝舉。每一件都是那樣的精細、那樣的傳神、那樣的巧奪天工，甚至不可思議。我們的先祖們，遺留給我們的實在是夠多。因此，每去故宮就會嗅到一種濃濃的香味，那不是外雙溪的水香和土香、樹香和花香，而是來自那巨大建築中的書香紙香和墨香、銅香瓷香金玉香。

看看這些藝術上的奇珍異寶，有時候會想到，不論是雕工或鑄技，不論是繪藝或製術，我們這一代或是這幾代的人，是不是能趕得上他們呢！是不是有他們那種耐力、毅力和智慧呢！我想，這是頗值得懷疑的。

滿足中的遺憾

由於我們有古老的文化和文明，因此，我們擁有傲視全球的古代藝品，然而目前所收藏在故宮或其他博物館裡的，並不是先祖所遺留給我們的全部，只可說是其中的大部分，因為，在時代的變遷中，或由於其他的因素如恩怨、疏失以及個人喜愛等等，毀壞、淹沒、散失者不在少數，其中流落在外邦異國裡的也不少，根據相關的資料顯示，目前世界上很多的著名博物館都收藏有中國的古代文物藝品，即以美國的波士頓美術博物館來說，就藏有我東漢時代的「彩色風俗畫磚」、漢代以前的「獸戰圖」，以及宋徽宗的「驀張萱搗練圖」、「織錦圖」、「五色鸚鵡圖」等；英國的倫敦博物館藏有漢代的「玉刻馬首」和晉人顧愷之的「女史箴圖」；巴黎的博物館藏有陝西興平縣霍去病墓前的石馬足踏胡人，就連美國中南部的地方城市堪薩斯的納爾遜美術館，也藏有北宋李成的「晴巒蕭寺」。至於我們近鄰的日本，收藏的更多，其中較著名的，計有殷代的「龍鳳饕餮紋首」、漢代的「神仙龍虎鏡」、元朝郭畀的「雲山圖」、「山水立軸」和「紙本水墨山水圖」，以及宋徽宗的「小鳩桃花圖」、「水仙鶺鴒圖」、「晴麓橫雲圖」等多種。

的確，我們是擁有甚多的古代文化藝術遺產，可是，收藏的並不完整，這可以說是驕傲中的遺憾，尤其是有那麼多的珍寶流落異鄉，更是憾事，這些古藝品們，蹲坐在外國的殿堂上，歲歲年年，該有幾許的鄉愁吧！

（八十五年七月二十日《中華副刊》）

卷二

新花舊果——七篇課文及其小史

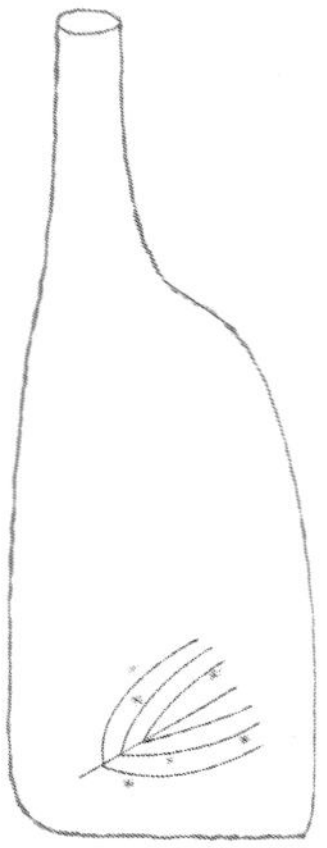

諦聽

只要肯凝神去諦聽，就可以懂得萬物的語言，像我剛才就是。我僅僅在那山腳下駐足片刻，各種聲音便已盈耳。

首先聽到的，是在我身邊樹下那幾棵小草的聲音。它們說在樹底下經過長久的忍耐和鍛鍊後，再也不懼怕那棵樹的巨大身軀了。它們為了自己的成長和茁壯，要把莖葉從樹底下伸探出來，以便接受更多的陽光和雨露；也要讓根兒在地下鑽向更深更遠的地方，以便吸收更多的水分和營養。

一條小溪自前方匆匆走過，我也聽到了小溪上萍葉的聲音。它們一直都在抱怨著小溪為什麼走得那樣匆忙，為什麼不給它們一個停留、喘息的機會。

時序才剛剛邁入秋季，一群群的樹葉便開始討論對付隆冬欺凌的方法。它們決定盡全力來保護枝頭，因為枝頭就是它們的家，它們的子孫將在這裏一代代接續下去。葉子們說，萬一抵擋不了嚴冬的侵襲時，它們也要新生一代的芽兒們，接續著奮鬥下去，直到把冬天趕走。

一陣笑語自山中飄了過來，可能是山說的，也可能是谷說的、澗說的。它們說給風聽，說風很傻，說風為什麼老是去扭曲那些炊煙？為什麼老是吹皺那些平靜的水面？為什麼老是去追趕那些雲呢？結果怎麼樣？沒有一縷炊煙會被風吹斷，沒有一片水面永遠是皺著的，而曾經被追趕的雲，也沒有一朵會迷失方向。

我在很久很久以前，就懂得諦聽了。記得我離開故鄉的那一年，站在一個擠滿人群的海灘上，就清清楚楚地聽到背後那一群山的哭泣，哭訴著叫我不要離開。這多少年來，我一直還聽到那一群山在對我呼喚，呼喚著我的名字，要我早一點兒回去。

・部編《國中國文》第一冊第二十課（69.8.—72.8.）

該文原發表於66.9.7《中央副刊》（頭條），總標題為〈鄉野篇章〉，共有四個單元，其他是〈蟬聲〉、〈新貌〉、〈那一團綠〉。全文約五千字，後收入個人散文集《鄉景》（65.3.水芙蓉）中。另曾先後被選入《古今文選》附刊第一三八期（70.1國語日報）、《國中國文輔助文選》（77.11.開拓）。

△文後的介紹：

這一篇是從《鄉景》裏節選出來的。作者以為只要我們肯用心去諦聽，就可以懂得萬物的語言。換句話說，只要我們肯運用想像，多加觀察，對周圍的事物就能多一層體會。

溪頭的竹子

溪頭是一簇迷人的風景，而叢聚在這裏的那些茂密的竹林，乃是風景中的風景。

竹子們是喜歡跑到山頭去聚居的，但是我從來沒有看到像溪頭的竹子這樣的稠密，這樣的擁擠，以及這樣的具有個性。我總認為，溪頭的竹子是它們這種植物中的另一種族類，它有意跑到這片山野裏來製造風景。

這裏的竹子，是以競爭者的姿態去盤踞著山頭。它們不僅僅是為這片山野織起了一片青翠，重要的是，它們在這裏創造了一種罕見的姿態。記得當我第一眼觸及到這裏的竹林時，曾經為之愕然良久，難道竹子們是在這裏進行一項爬高的比賽？每一棵竹子都在不顧一切的鑽挺，看起來就好像要去捕星星、摘月亮，也好像是大家一起去搶奪那片藍藍的天空。

我面對著這麼一群生氣勃勃的青竹，不自主的便鑽進它們的行列裏去，去親近它們，去觸及它們，看它們如何用根鬚去抓緊泥土，如何用青翠去染綠山野。當然，還有一個更重要的理由，就是讓自己去站到一棵竹子的身邊，然後，昂起頭來向上望，看看它以一種什麼樣子的姿勢挺拔起來的；希望能從它的身上，學一點點如何才能挺拔的祕訣，如何才能昂然而立的本領。記得過去曾經在颱風過後的山林中，看到了不少的斷枝殘幹，為什麼這片竹林中沒有這種景象呢？我想，該不是颱風不來南投罷，恐怕是這些茂密的竹子們，不允許它進入這片山林的。假如真是這樣，就更值得向它們學習了。

我站在竹林的邊緣，發現到這裏的竹子們是很講究秩序的，它們有它們的領域，它們有它們的地盤；它們絕對不會獨個兒走向其他林木叢裏去，也不會讓其他的林木走進它的行列裏來。竹林就是竹林，純得很，除了竹子，別無其他，就是一棵野花、野草什麼的，要想在這些竹林中立足，也是很不容易的。

正因為這裏的竹子們創造了它們獨特的風格，創造了它們獨特的姿態，所以，喜歡這些竹林的人是很多的，我就發現到一群群的遊人佇立在竹林的外面，用一種癡癡的眼神去凝視那些竹林的深處。我想，他們一定也是被這些竹子們所吸引住了。

溪頭公園的風景是夠迷人的，而這裏的竹子，和竹子們所構建起來的世界，更是迷人。賞景的人群自四面八方不斷的向這裏湧來，他們來看大學池，來看神木，而其中有不少的人，是特地來看竹子的，像我就是。（按：本文原為八段，此係部編本，將第四段的二百字刪掉。港本則維持原貌。）

・部編《國中國文》第一冊第十八課（73.8.—85.8.）

・香港中等學校《中國語文》第三冊第六單元第二課（2002.9.）

該文原發表於64.6.6「青年戰士報」新文藝副刊（頭條），總標題為〈景中景〉，分三個單元，其他為〈大甲溪裡的卵石〉、〈濱海農田裡的莊稼〉。全文約四千字，後來分章收入《鄉景》。該文另被下列刊物所收入：

一、《國中國文評析》（74.10.文史哲）

二、《古今文選》附刊第一六四期（國語日報）

三、中華函授學校《初中國文講義》（87.3.僑委會）

四、日本公文研究教育會教材（75.？）

五、《國中國文選修》第一冊第三課（86.8.國立編譯館）

六、《白話文學選讀》（92.1.國立編譯館）

七、《國中國文題組》（92.7.育橋）
八、《國中國文教師手冊》二上（93.9.康軒）
九、香港《調適教材》中二下冊（2009）

△港版課文前的〈題解〉：

本文通過對溪頭的竹子不顧一切執著生長、昂然挺立、講究秩序等特點的描寫，讚揚了它們積極進取、不計較條件的精神和頑強挺立的意志，抒發了作者對竹子的敬佩之情。

溪頭，在台灣南投，那裏的竹子青翠挺拔，非常迷人，是著名的觀光點。

那默默的一群

像兵士們護衛著疆土那樣，負責道路清潔的那默默的一群，以忠實的態度，護衛著一條條長長的街道和巷弄，凡被認為是垃圾的那些東西出現在他們的防區，他們便予以清除。就這樣，這些街道和巷弄才可以經常保有一張清潔的容顏。

我家門前的這段馬路，是由五位中年的婦人負責打掃，每天早上，她們總是披著一身淡淡的夜色便開始工作。我是起得很早的，但是當我看到她們的時候，她們的清掃工作老早就開始了，因此，我不知道她們是自什麼地方掃起，也不知道她們掃到什麼地方為止，不過我卻敢於肯定，那一定是很長很長的一段。

別看她們所負責的路段是那樣寬長，她們卻忠實的一掃把一掃把的掃過來，有時候，路面已經被風吹洗得相當乾淨，她們還是照掃不誤，一絲不苟，絕不撿便宜，也從來沒有一寸路面會在她們的掃把底下漏掉。

婦道人家做起事情來當然是溫柔文雅的，但當她們面對著出現在路面上的垃圾時，態度就嚴肅起來了。有一天，我就發現其中一位肥胖婦人，端著她那長長的掃把，急急的去追趕一個被風吹跑的空塑膠袋子，像追趕一個敵人那樣，追出幾十公尺之後，終於把那個空塑膠袋給捉了回來。當然，她們也經常拿著掃把在大風中去追趕一塊碎紙或是一片落葉什麼的。

最勇敢的戰士常常朝著最危險的地方走去，她們好像也是，她們也是慣於選擇一些難掃的地段去搶著清掃。就像上個月，路旁那家蓋房子的，因為施工時不注意，弄得馬路上遍地是黃黃的泥巴，而這五位負責道路清潔的婦人家，也就不厭其煩的來清掃，每天早上一次，持續了十幾天。泥土是人類所賴以生存的好東西，可是當它出現在馬路時，就惹人厭了：好天時會塵土飛揚，雨天時便泥濘遍地。當她們每天早上來清掃時，面對著那些黃黃的泥巴，誰也不會保留自己的力量，就像搶奪一種東西一樣，搶著去幹。

這真是默默的一群，默默的表現著一個勞動者那種敦厚樸實的風範，她們的名字不會被人知道，可是在我的心目中，她們是有資格被稱之為「人物」的一群。

・部編《國中國文》第二冊第二課（87.1.—）

・南一版《國中國文》第一冊第六課（91.5.—）

・康軒版《國中國文》第三冊第八課（93.9.-94.9.）第一冊第二課（94.9.—）

該文原發表於64.3.17《中央副刊》（頭條），總標題為〈閃爍的星群〉，共分四個單元，其他為〈擺渡的老人〉、〈墾者〉、〈無名氏〉。全文長約五千字，後分篇收入《鄉景》中。該文另被選入下列刊物：

一、《台灣藝術散文選》（1990.7.天津百花）

二、《活用國中國文教學講義》（92.？.建宏）

三、《國中國文教師手冊》2上（92.9.康軒）

四、《創意國語文教學活動設計》（93.12.幼獅）

五、《台灣當代散文精選》（78.？.新地）

六、《望斷煙村四五家——台灣名家散文選讀》（1999.5.吉林攝影）

△課文介紹：

一、部編本〈題解〉：

本文選自《鄉景》。內容敘述清道婦認真工作的情形。全文先描寫清道婦每天盡責地工作，所負責的路段雖然又寬又長，可是她們一絲不苟地打掃，絕不撿便宜；接著敘述清道婦面對垃圾時的態度，越難掃的路段，越不厭其煩地搶著清掃；最後說：她們默默地為社會盡自己一份力量，是有資格被稱為「人物」的一群。全文以兵士護衛疆土為喻，用語淺白，形象鮮活。

二、南一版〈課文賞析〉：

作者觀察並描寫清道婦的工作情形，以「忠實的態度」貫串全文。並且以「像兵士們護衛著疆土」為喻，呼應各段。

文章一開始就將她們和士兵相比：士兵護衛疆土，不讓敵人侵犯；清道婦則守住她們的路段，不讓垃圾汙染。工作性質雖然不同，「忠實的態度」卻是一樣。

第二段先概述清道婦的工作情形：在天未亮時便開始工作，清掃很長很長的路段。

第三、四段進一步描寫，即使工作時間早，工作繁重，清道婦的工作態度仍是一絲不苟，不撿便宜；面對垃圾，如同士兵追趕敵人一般，絕對不輕易放過。肥胖婦人在風中追逐垃圾的嚴肅態度令人欽佩。

第五段作者更進一步地將她們比喻做「最勇敢的戰士」，總是「朝著最危險的地方走去」，在泥濘遍地的塵土中爭先清掃。

一般人都了解士兵的可敬之處，作者卻從日常生活的觀察中，肯定這一群默默維護我們生活品質的戰士，顯示她們於平凡中見出不平凡的可貴，足可與護衛疆土的士兵相提並論。作者使用這樣的譬喻，鮮活貼切，使清道婦可敬的形象顯得突出而鮮明，更證明了「她們是有資格被稱之為『人物』的一群」。

三、康軒兩版的〈題解〉和〈課文欣賞〉：

△題解：

本文選自鄉景。描述一群清道婦認真工作、默默奉獻的情形。雖然她們的名字不會被人知道，但她們的努力付出卻是值得尊敬的。作者以日常所見的人與事為題材，啓示我們要努力做好自己分內的工作，並培養服務人群的責任心。

△課文欣賞

本文以「忠實」來貫串內容，描寫清道婦一絲不苟、不厭其煩、認真負責的工作態度。

開頭說清道婦的工作就像兵士護衛疆土，長長的街道和巷弄就是她們的防區，這個譬喻彷彿是在提醒：可不要小看這些負責清掃的婦人，她們同樣也在堅守崗位，默默奉獻。

作者以生動具體的描寫來表現清道婦忠實的工作態度，尤其文中寫到一位婦人急急追趕被風吹跑的空塑膠袋，就好像端著槍的兵士，追趕一個敵人那樣，譬喻十分貼切。而這追垃圾的一幕，簡直就像是用攝影機捕捉到的鏡頭，非常生動。

文章最後明白點出這默默的一群，雖然她們的名字不被人們所知道，但在作者心目中卻是「有資格被稱之為『人物』的一群」，顯示清道婦平凡中的不平凡，將她們值得尊敬的形象清晰凸顯出來。

讀山

群群的山巒如部部豐厚的卷冊
迤邐復迤邐，連綿復連綿，在時間的長流中
裸其奧義，隱其真髓，於大地之上
我，乃是一個饑餓了很久的，讀者

我是常常去讀山的，遠遠的讀其蒼茫，近近的讀其清幽；粗讀其豪放，細讀其深沉。

讀青，讀綠，讀和諧，讀靜謐。

我常常去讀那些嶙峋崢嶸的巉巖；讀它們的容顏，讀它們的生活，讀它們的風貌，讀它們的歷史。讀它們是用一種什麼樣子的步子走出了洪荒；讀它們是以一種什麼樣子的姿態去承受億萬年的風風雨雨。然後，我也去讀它們的威武，也去讀它們的溫順。讀它們為什麼會耐得住永恒的寂寞，為什麼會耐得住永恒的蹲坐；讀它們為什麼會有那麼好的氣度，可以容忍一些錯綜的根鬚在它們的身邊作蠻橫的盤纏。

茂密的林木，在山中凝聚起了片片的青翠，形成了這些豐厚卷冊中的美麗的篇章，我就這樣靜靜的讀著它們：

讀那些嫩芽如何成長，如何茁壯，如何把一些枝椏交給了它們的子孫，然後，它們又如何回到泥土中。

讀一條細長的根鬚，如何穿過一段泥土，然後在另外的一個石隙中鑽出頭來，成長起另外一個新的生命。

讀一根瘦弱的樹枝，如何自陰暗的一角伸出手來採摘陽光，然後去營養自己，去健壯棵幹。

山林的本身就是一個豐富的世界，在這裏可以覓得一切。有一天，當我正在讀那棵爬籐如何借著一株枯樹而站起來的時候，便驟然發現了那棵枯樹的笑顏，我已經意會出來，它是因為那棵爬籐為它裝飾了綠意而笑的。又有一天，當我正在讀著另一灘濃綠時，發現到一條蜿蜒的小徑，非常自在的自我的身旁伸向了山巔，我想，誰是這條小徑的母親呢？會選擇在這樣的一個山野中踩下了他的第一個步子？像這麼一條瘦小的小徑，為什麼可以負荷得了那麼多腳步的踐踏呢？

這樣的山野並不純然是靜謐的，可以讀到吱吱喳喳的蟲叫，也可以讀到啁啁啾啾的鳥鳴。有時候，在一堆非常繁茂的草叢裏，還可以發現到昆蟲世界中的小小的戰爭。

在讀山的時候，也會讀到一些偶發的事件。就像那年春天，當我正在初讀一片新鮮的山林時，聽到喊聲自四面八方響了起來，並且，在喧囂中還隱隱約約聽到一些殺殺砍砍的聲音，我便立刻盤登山巔，舉目遠眺，噢！看到了，山腳下，一群群勇壯的嫩芽，正在追擀著一個敗陣的冬天。

山是一部豐厚的卷冊，怎樣讀也讀不完它，讀了巉巖再讀山林，還有那些挺聳的峰呢？還有那些深幽的谷呢？

我是一個讀山的人，但是我知道，有時候人家也會讀我的，當我就像是一個短短的句子般的投向山林時。

・大陸《中等職教語文》第一冊第二十一課（2001.7.—）

該文原發表於63.6.25「聯合副刊」，是四個〈短章〉之一，分四次刊出，其他為〈望雲〉（6.26）、〈彳亍〉（6.27）、〈遐思〉（6.28）。共計三千多字，後收入《鄉景》中。該文曾被選入：

一、《金牌國中國文》（71.6.名作）
二、《活用國中國文教學講義》（92.？.建宏）
三、《台灣藝術散文選》（1990.7.天津百花）
四、《經典美文三百家》（1997.12.內蒙古人民文學）
五、《課堂外的風景——現代散文閱讀》（94.8.翰林）
六、《中國語文園地》（2003？.河南大學）
七、《高中新導學練語文必修12》（2005.3.中國石油大學）
八、《地上的磐石》（1999？）
九、《台灣散文名篇欣賞》（2000.7.廣東高等教育）
十、《語文月刊》（1995.7.10廣州華南師大）

另：大陸有五十幾個網站上曾刊載或討論此文，也曾多次進入各地的高考試題。

△課文前的「自讀提示」：

〈讀山〉是一篇憑借著對山色、山景的欣賞和對山情、山韻的領略，從而解讀出山所蘊含的「奧義」與「真髓」的抒情散文。

通過山的形態，可以「遠讀其蒼茫，近讀其清幽」；通過山的神韻，可以「粗讀其豪放，細讀其深沉」；通過山的氣質，可以讀出山的「和諧」，山的「靜謐」。

文章在總寫山的形態、神韻和氣質之後，著重分寫了「嶙峋崢嶸的巉巖」和「茂密的林木」。從「嶙峋崢嶸的巉巖」上，讀出了山的威武、溫順、堅毅和寬容；從「茂密的林木」中，讀出了無私的奉獻和蓬勃的生機。最後以「讀山」衍化為「讀人」作結，使文章的主旨得到了昇華。縱觀全文，總寫→分寫→總結的思路循序而進，清晰可見。

作者還在文中巧妙地運用了比喻、比擬、對偶、排比等多種修辭手法，使那司空見慣的無知無覺的山，充盈著生命的活力，真的就像「部部豐厚的卷冊」一般，令人愛不釋手。

南方澳

背後是山，前面是海，這是一個沒有耕地的地方。

人是靠糧食而活的，然而，並不是說沒有耕地就無法活下去。這裡的人們，便把大海當成他們的田畝，克勤克儉的經營著。當蘭陽的原野上忙著豐收的時候，他們也同樣的在浩浩的海洋田畝裡忙著收穫，忙著裝載，忙著運送。

港灣裡，有千桅高挺著，也有千百個硬朗的漢子站立著。在這裡，每一根船桅都是一枝生命的標竿，每一條漢子都是一座力的源泉。因此，不管海有多寬、洋有多遠，他們都能夠在上面踩出縱縱橫橫的道路來；只要鼓帆，只要發動馬達，便可一去千百里。漢子們，陸地上的腳印也許還踩不到花東或嘉南，在海上，他們卻能夠大西洋或印度洋了。甚至，已經踩到大洋洲或是南極洲都說不定。在他們這些擅於乘風破浪的人來說，海洋要比陸地，平坦多多。

這裡的人們，也許不一定都會讀懂那些厚部頭書，可是，他們卻能夠讀得懂海洋。比起那些書來，海洋是難懂得多了，而這裡的人們卻有能力消化它。甚至，連那些耄耋老者或是年幼的童子，以及那些漁婦漁姑都不例外。

漁者的生活裡，雖然也有笑聲也有歌，畢竟是腥了一些，鹹了一些，也陰濕了一些。那種日子，不是一般人所能夠過得了的，要有南方澳人的堅毅與勤勉，才行。

（相關資料請看下文附註）

北濱的農野

這是一片被海風欺侮得最厲害的土地。當呼呼的東北風挾著濃濃的鹹味自海上吹來時，它是第一個受害者，要最先承受吹打與蹂躪，要最先把痛苦與傷害接納過來。

這樣的土地上，這樣的環境中，是不適於生長莊稼的，可是，這個地方的一些村村落落裡，卻住著一些勇於與強風相搏的莊稼漢，住著一些不肯向自然力量認輸的樸實老農。他們知道，既然世世代代的生於斯長於斯，就要在這裡開闢生活的路子，就要從風的手裡討回一些公道。於是，儘管土地並不肥沃，卻照樣的可以經營出不錯的田畝，照樣的讓莊稼們在這裡一季一季的成長著。農人們知道，在這樣的土地上討生活，除了多用智慧多用勞力，以及付出更多的辛勤與關愛，沒有別的辦法。因此，雖然泥土中的含砂比例是那樣的高，他們卻可以用良好的經營去彌補；雖然海風的來勢是那樣的兇猛，他們卻可以用更多的付出來抵擋。風是不肯繞道的浪子，他們是不肯低頭的硬漢，兩個算是對上了，對來對去，蠻橫的海風一批批的消失了，而這些硬朗的村農們，卻仍然在島的北端經營著他們的田畝，固守著他們的莊園，一年比一年富足，一代比一代健壯。這片原野，是屬於他們的，而不屬於風，更不屬於其他。

乘車路過這裡時，會看到三三兩兩的鄉農們，站在迎風的田野裡，額角上那疊疊的深皺，像極了不遠處海岸上那層層疊疊的沖積岩層，一看就知道，他們是一些不簡單的人物。他們，在多少個回合的拚鬥裡，是最後的贏家。

‧三民版《五專國文》（二）第二課（86.8.—）

‧三民版《大學國文選》（93.8.—）

該文原發表於71.12.11「中華副刊」（頭條），總標題為〈地方誌〉，共有八個單元，其他為〈野柳〉、〈金瓜石〉、〈夢幻湖〉、〈忠孝東或敦化南〉、〈三重〉、〈犁〉。共約五千字，後收入散文集《走在風景裡》（73.1.20水芙蓉）

該文與另一子題〈南方澳〉以〈地方誌〉為總題，被收入三民版的上列二書中。

另被收入：

一、九歌版《七十一年散文選》（71.11.—〈地方誌〉全篇）
二、《與自然談天——生態散文選》（93.10.幼獅）

△三民兩版本的〈研析〉：

勤奮堅毅是臺灣人的天性，這尤其表現在臺灣社會基層的勞動者身上。

南方澳的討海人，在「一個沒有耕地的地方」，「把大海當成他們的田畝，克勤克儉的經營著」；北海岸的莊稼漢，在「一片被海風欺侮得最厲害的土地」上，用智慧和勞力，「經營出不錯的田畝」。他們都是勞動者的典範，具有旺盛的生命力，堅定的意志力。

不論是南方澳的漁民，或是東北海岸的農民，他們的勤奮堅毅，都是遺傳自祖先的。其實，三百年的臺灣歷史，就是這種代代相傳、步步接續的情況下，篳路藍縷，上山下海，締造出來的。

作者用最樸實簡單的文字，刻劃了南方澳漁民和北海岸農民踏實的生活樣貌和豐富的精神內涵，文字直捷明確而有力，一如他所寫的漁民和農夫。這固然是作者一貫的風格，一方面也是配合他所要寫的人物。也唯有這種寫法，才足以真正表現出討海人和農夫的堅毅性格。

漁者陳

勤勞的水上捕手，大海田畝的耕者，把大半生的心血都溶入了海洋。多少年來，苦是苦了一些，如今終於也網出了一串飽暖的日子，網出了一片不錯的歲月。天色將暗時，你目送著在城裡就讀的孩子走進了村旁的小站後，便懷著興奮與喜悅，懷著豪情與勇氣，轉身步入長灘，以一種征者的姿態，駕著那艘短舢砰砰而去。

勤勞的水上捕手，大海田畝的耕者，並不一定和我們一樣日出而作日入而息的，在你來說，薄暮時分也許才是你的黎明。你就常常在這個時刻裡，驅舟進入濤叢；就常常在這個時刻裡，挺身投入蒼茫。

每次出海，都是一次挑戰，當親手經營起來的屋舍消失在身後的灘頭；當生於斯長於斯的鄉莊，隱沒在遠方的岸邊，你，前瞻是一片茫茫，後顧是一片茫茫，左右環視也是一片茫茫。這個時候，就只剩下你和海了，即使也有個三五漁伴，他們的心情也和你一樣，不斷的在忖度著這次出海的際遇和命運。出海是為了撈捕，撈魚蝦也撈生活，不幸的是，有時候只能撈空虛撈失望，撈重重的淒涼，而你就在這種撈空撈實之中安度這虛實不定的網捕生活。時間久了，經驗成為你漁撈事業中的另一種力量。你的銳利眼神，不但善於觀察天色，也長於穿視海洋，自此之後，你的空網日子便越來越少了，而你的生活內容卻越來越豐實了；豐實得足以讓你的小屋變個模樣，豐實得足以供應你那個善讀的兒子到城裡去泅泳知識的海洋。

海洋裡雖然有金也有銀，有財富也有寶藏，而當年你卻曾經懷疑過，並不是你的這隻網子可以撈得動的。在那段時間內，你曾經有過皈依陸地的打算，可是，馱在背上的層層鹹溼實在是太厚重了，壓得你，怎麼走也走不出那片潮聲，怎麼推也推不掉那些腥羶，你終於還是留在海上了。海還是夠敦厚的，以後的日子裡，它不但接納了你，也留養了你。

至於那個善讀的孩子將來會不會返鄉成為一個出色的漁的傳人，你是不去計較了。雖然，你也對他傳過編結，傳過補綴，傳過如何撒網如何收網，以及如何觀看天候。

你說過，你自己將會繼續守在這片海上的，你還有大串的網捕歲月等著你去經營。是的，既然尚未耄耋，生命的處女地必然很寬廣，你將在這上面開拓出另一片新的遠景，在這上面創造出另一個新的未來。

看你馭船遠去的那種英姿，證明你實在是一個優秀的海洋人物，多年來，我一直認為是大海把你摟在懷裡的，這樣一看，原來是你把大海握在手裡。我敢於肯定，在未來的那片歲月中，將會出現一些更為飽滿的撈獲日子。

・建宏版《高職國文》（一）選讀第三課（89.8.—　）（漁者陳、農者林、工者廖）

・康軒版《國中國文》第三冊第七課（92.7.—　）

該文出自72.3.17發表在「中華副刊」之〈人物誌〉（頭條），計有〈漁者陳〉、〈農者林〉、〈工者廖〉、〈礦者孫〉等四個單元，共約五千字，後收入散文集《墨廬雜記》（73.7.鳳凰城）中。高職本採用了〈漁〉、〈農〉、〈工〉，國中本採用了〈漁〉。

另被收入：

一、九歌版《七十二年散文選》（73.1.—〈人物誌〉全篇）

二、《國中現代散文選》〈（95.?.康軒〉

三、《國中國文文意實力養成》（部分內容97.3.南一）

△課文介紹

一、建宏版的〈題解〉：

本文三篇選自《墨廬雜記》。誌，記也，人物誌是記敘人物的文章。文中作者分別自漁人、農人、工人等三種行業中選擇一個人物為對象，描述他們辛勤工作而無悔的奮鬥精神，終能開創一片藍天，奉獻一己的心力，給予肯定與讚揚。文前有小序云：「世界很大，但是，這些人物們所擁有的面積卻很小很小，因此，他們必須在他們的生活裡開闢另一個世界。」三篇中作者都以這種同理心，設身處地做這樣的觀照。

作者以詩家敏銳的觀察、鋒利的筆觸及感性的語言，表達了對社會小人物的關懷。這點用心與苦心，很值得我們的肯定，也值得我們深入體味。

二、建宏版的〈鑑賞〉：

張騰蛟是一位正直而良知澄澈的作家，他有強烈的道德觀念，常很清楚地反映在作品中，使他的作品不僅充滿藝術的美感，更充滿了道德的質素，充分流露了文學的良知。「文以載道」，他的很多文章都發揮了這種精神。他在《鄉景》自序中說：「找不出理由來證明為什麼總是喜歡用銳利的筆尖子去探觸那些山山水水，探觸那些默默無名的人物。如果真要追個原因的話，也無非是為了山水人物所含蘊著的那種誘人的奧義。」他就有這種靈覺敏思，才能將一根根筆觸伸向不起眼的事物，探究不被人知的一群小人物。本文就是這類的文章，他設身處地的把筆桿伸向海上，伸向農村、工地，體會其辛苦，挖掘其精神與毅力；讚美他們的成就，稱揚他們的貢獻。這種用心，真令人欽佩。

魯蛟先是一位詩人，在中國新詩領域中開創了不少新風格，到了民國六十年代初期，他有感於我國的文學有需調整風格，改變風貌，於是便開始把詩的創作技巧應用到散文上，積極創作散文，用詩的營養灌溉散文園地。從此他用魯蛟發表詩作，用本名發表散文，而在散文中大量使用了詩的質素與語言，使散文充滿了詩的情韻，很多佳構簡直接近於民初的散文詩。這種感性的文字就是作者文章最迷人的地方。

孟子說：「一人之身，百工之所為備。」反之，每一行業對社會都有其價值與貢獻，職業無貴賤，我們不能有輕重之分。而行行出狀元，每一行業都有其發展與成就，都值得大家重視與肯定。但在功利主義掛帥的今日臺灣，布衣小民，早已成為被漠視的一群。作者能深入民間，關懷弱勢，精神可嘉，愛心可感；這類文章更值得我們一再研讀。

三、康軒版的〈題解〉：

本文節選自《墨廬雜記》。「人物」在作者心目中，是指社會上那些敦厚樸實、辛勤堅毅的勞動者，如漁人、農夫、建築工人、礦工等，「誌」是記載、記錄。

〈人物誌〉指的就是那些人物的記載。本文選取其中記敘漁人的部分，以「漁者陳」這個人物為描寫對象，刻畫他為生活奮鬥的過程與心境，一方面讚頌了勞動者堅忍不拔的韌性，一方面也肯定了各行各業對於社會的貢獻。本文刻畫人物形象鮮明，而帶著濃郁詩意的文字風格，尤其值得細細品味。

四、康軒版的〈課文欣賞〉：

本文以「漁者陳」為對象，描寫他勤奮工作的過程與心境，刻畫他堅毅強韌的生命力，肯定他樂觀積極的生活態度，為這位默默無名的勞動者描繪出一幅鮮明動人的圖像，用意深長。

漁者陳，只見其姓，不知其名，陳是很常見的姓氏，「漁者陳」不是特定的某一個人物，而是一個典型，在我們的社會裡有許許多多這樣的漁者，擴大來說，在我們的人間世界也有許許多多像漁者陳這樣勤奮誠懇、默默貢獻的小人物，他們在平凡中自有不平凡處。

文中先勾勒人物背景，其次描寫他的生活情況、工作態度，心境轉折等，最後寄以肯定與祝福；全文以「你」來敘寫，拉近了與所寫人物的距離，讀來倍感親切。此外「在城裡就讀的孩子」、「善讀的兒子」是非常重要的穿插，這是漁者做為一個父親的慈愛與榮耀，也是他有豪情有勇氣迎向海洋的動力所在。

從文字上看，這是一篇富有詩意的散文，運用精鍊、靈活的語言，透過排比、擬人、映襯、類疊等修辭法，作者用心刻畫生活的勇者，情境描寫如畫，語言節奏如歌，值得再三玩味。

△以上的七篇課文，個人比較偏愛這篇〈漁者陳〉。

卷二

讓文字飛舞——淺吟十章

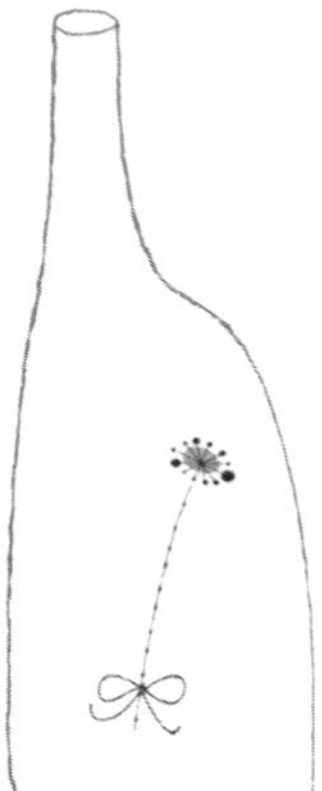

溪頭初旅

在台灣的風景區中，溪頭雖然還是一個新鮮的名子，但是每逢假日，它卻能夠把成千上萬的遊客引上山來。我很有幸，也成為這眾多遊客中的一員。

過延平後，車子便在滿野蒼翠中婉蜒登山。山路迴旋無定，曲曲生姿，光滑的路面被茂密的林叢夾得扁扁的，看上去顯得有些兒瘦弱，但是卻也有著幾分傲氣，它以一種不甘屈服的姿態，在重巒疊嶂中不停地鑽探，在斷崖峭壁間不斷的展延，為的是把聞名的腳步送向每一個荒原。

在我偏頗的觀念中，一提到山野，就會出現一種貧瘠的印象。今天，我不得不承認，我是錯了，因為在我所經過的這些路途中，每一片土地上都繁生著青嫩的林叢，或茂密的菓園，就是連那個叫做「鹿谷」的小鎮，也被纍纍的菓樹給擁簇出一幅富足的容顏。

賞景的人羣如流，逆湧而上，把個偌大的溪頭森林遊樂區塞得滿滿的，真是笑聲盈野歌滿林。

在臺大農學院的辛勤經營下，這裏的每一座山，都好像是用「綠」來做的，綠得青翠欲滴，綠得難分難解。浩浩山林中，每一個枝椏上都凝結著人們的辛勤，每一段葉脈間都駐留著農業專家們的智慧。

在山中過夜，飲得滿腹清涼。

次日清晨，起早去搶奪那段清幽的時光，山泉輕笑，澗水低吟。大個子的南洋杉們，手拉手肩並肩的迎我這陌生的訪客。睡了一夜的山林，枝挺葉秀，精神抖擻，裸裎出一張新的顏容。

山中空無一人，我是唯一的訪客，微曦中，我曾用我那拙劣的口哨，與啁啾的山鳥進行對鳴，此起彼落，聲聲復聲聲，幾陣愉快的唱和，我已贏得滿懷野趣。自林間歸來，旅店中的遊伴卻仍在夢中，我是富有了，因為我已先他們擁有一縷清幽，先他們擁有了一束可貴的陽光。

在溪頭森林遊樂區來說，大學池和神木，乃是風景中的風景：

大學池，一個「書卷氣息」非常濃厚的小小湖泊，安詳的坐落在羣山的懷抱中，漣漪泛笑，水色生輝，很像是一個袖珍的日月潭。這是一片寧靜的天地，為了使它的寧靜不被破壞，我是以輕盈的腳步走向它的身邊的，就這樣，還是驚得山鳥連聲尖鳴，頓時我便有一種罪惡的感覺。而豁達的大學池卻不責我，它待我以寬容。

神木，一棵二千八百年高齡的紅檜，斑駁的枝幹上雖然鏤刻著它蒼老的歲月，但是挺拔在樹頭上的那些嫩綠的新枝，卻正足以顯示著它生命的潛力。神木是以傲然的姿態兀立在眾樹之間，枝葉的搖擺乃是一種關懷的姿態，因為滿山遍野的眾樹就好像是它的子孫。

舉首遠眺，極目處，是一片青青的山巒，原始的樹棵，緊緊的擁簇著每一個峯巔。對於那些不分旱澇都一個勁兒保持旺茂的原始樹棵來說，生命的意義，就是不斷的生長，不斷的成熟，一代接一代的，默默的，充實起一串綿長而豐盈的歲月。

披著一身山林的芬芳下山，車行不久，溪頭已被掩隱在羣山之中。面對著那一抹茫茫的青翠，不禁為之悵然，我默默的說，溪頭，再見。

附註：

62.12.《新文藝》月刊，收入《鄉景》（65.5.5水芙蓉）

以後陸續收入下列刊物中：

一、《古今文選》附刊一六四期（國語日報）

二、《國中超群國文》（73.9.南一書局）

三、《國中國文教師手冊》第一冊（75.8.國立編譯館）

四、《國中國文輔助文選》（77.11.開拓）

五、《中學課本上的作家》（83.1.幼獅）

六、《國中選修國文教師手冊》第一冊（86.8.國立編譯館）

鄉景

小巷

對於這個小小的村落來說，這條瘦長的小巷真有點兒像是一個人的脊椎骨，帶著幾分傲氣，擎托著這個村落的身軀。我似乎可以肯定的說，小村落的健康，多半是得力於它的存在，因為它為這個村落注入了力量。

小巷起自村頭上的馬路口，順著這個村落的地勢向前延展，一值延展到山坡上。由於這裏的屋宇都是緊密的擁偎著，所以把小巷夾擠的扁扁的。當你初看到它的時候，你會感到它很瘦弱，會使人立刻聯想到一個年逾古稀的瘦弱的老人。可是，如果你有機會對他做過進一步的了解之後，又會感到它是又肥又壯的，裡面裝滿了親切，裝滿了和諧，也裝滿了笑聲。這些親切，這些和諧，以及這些笑聲，有時候不但裝滿了小巷，並且還可以泛溢到全村落的每一個地方，於是，這個村落便在這種氣氛的浸潤中生長。

除了親切、和諧、笑聲以外，小巷的容貌是頗於變化的。白天是一片緊張與繁忙，傍晚是悠然，夜間是寧靜。小巷醒的很早，早在太陽之前。那是一段朦朧的時刻，可是人們的腳步聲便在巷子裡響了起來。自小巷走過的每一個行人都是純樸的，都是辛勤的，他們是播種者也是收穫者。他們，把一些時間把一些心血，撒在山上，撒在田間，便蛻變成為一種收穫，所以，他們早上空著雙手出去，傍晚便滿載而歸。當人門擔負著它們的收穫走回小巷時，小巷裏便有一種成熟的感覺。

我曾經花了一些時間和這條小巷做朋友。我雖然是一個來自遙遠的異鄉人，但是，小巷卻不以此而拒我。他所給我的，總是一些友情和笑意。對於小巷的笑意，我是有著極為深刻的體會的；我曾經試著從幾個不同的角度去看它，怎麼看都會看出它的笑容來。有一天，我跑到後山上去對著小巷來了一次反覘，讓我發現到，小巷的笑意是更甜美了，甚至連整個的村落都在展綻起了甜甜的笑容。

通往城裏的柏油大道就自村口經過，看上去就像是一條水流激湧的河，而這條小巷，便像是一條來自山間的小溪，緩緩的匯入這條河中。就這樣，屬於都市中的一些文明，便順著河流注入到了這條小巷中，也注入到了這個村落中的每一個角落。

可能沒有人知道小巷的年齡，反正他是非常古老的。記得幾十年前我初次看到它的時候，曾經自巷口的那座小廟和巷子兩旁那些斑剝的牆角上，嗅到一些古老的氣息，也讀到一小片古老的歷史，似乎有一點兒屬於明清的味道。現在不同了，小巷的容貌由古老又變回青壯，已經找不到象徵小巷年齡的那些斑剝的牆角了。

小巷有些兒彎曲，也有些兒弧度，不太規則的石板路，交錯的簷角，各種不同規格的門樓，太有資格被選做一幅油畫的題材了。

草的風貌

草是一種「動」物，任何一片可以被允許它們存在的地方，都可以發現到它們跳跳蹦蹦的影子。有時候，它們那頑皮的腳步還可以偷偷的踩到一些禁區裏去，像是農田和院落什麼的。不過，每每侵入人們的禁區時，都會惹來一些是非，總是會被人們所驅趕。我就常常看到一些辛勤的農夫拿著它們的鋤頭，把一些草羣趕出了田間。

這樣一來，各種各樣的草們便在一些廣袤的山野間和綿長的河畔上構建起他們的天下。

我曾經是淡水河的鄰居，多年以來，我便熱愛著淡水河河床裡的那片草原。在一串很長很長的日子裡，我曾經把若干的閒暇送到這裡來，讓它在這綠綠的草叢中一分一秒的充實起來。後來我搬離了淡水河畔，過了一段與草疏遠的歲月，因為草的容貌曾經裝飾過我的生活內容，所以一旦過起與草隔絕的日子，便覺得有些兒孤寂，所以，我過了一段日子便從老遠的城裡跑到這裡來一次，不為別的，只為了看草。

那真是一片討人喜歡的草原，濃濃的，綠綠的，不時的散發出馥郁的芳香。其實，喜歡這片草原的人不只我自己，全村子裏的人似乎都很喜歡它，尤其是那羣天真的孩子，一有空暇便結伴來遊，在這裏，他們用串串的笑聲編成動聽的歌，用他們戲遊的動作在青青的草原上穿繡起一種圖案。當他們的遊興濃濃時，有時候都會忘記了回家的時間，甚至會直到天色已經暗了下來才回去。有幾個星期天，孩子們曾經把他們的課本帶了來，玩累了以後，便躺在草叢裡猛啃書本子，我想，書本子是可以充饑的。

唐詩裏曾經說草是一歲一枯榮的，可是，我在這片草原的旁邊住了這多年，從來就沒有看見過他們枯萎過，我總是覺得，好像是有一個夏天終年都住在這片草原上，在這裡營養著它們，滋潤著它們，也護衛著它們，使枯萎的腳步不敢來臨。我曾經花了很多時間在這裡尋找這個夏的影子，可是久久都沒有尋得，不過，後來終於被我發現了，發現它住在每一片嫩綠的芽葉中。

前面說過，我曾經看到過一些辛勤的農夫拿著鋤頭把一羣羣的草們自田間趕了出來，可是有一天我也曾經看到過一羣羣的草們驅趕過別的東西。就在這片草原上，我曾經親眼看見過一個肅殺的秋天自這裏經過，沒等它竚足下來，便被這裏的草們連追帶攆的給驅趕了出去，我想，農田曾經是青草的禁區，而這片青青的草原呀，不也是秋天的禁地嗎！要不，為什麼不准秋天自這裏闖過？

看看這茂密的草原，別以為草們的生長是容易的，每一棵草幾乎都有他們艱苦的身世。不經過一段艱辛，它就無法突出地層，無法茁壯與嫩綠。記得有一天我在一塊磚頭底下發現了一叢又嫩又黃且癱瘓了身軀的細草，看樣子已經很久很久沒有吃到陽光了，但是它卻沒有像磚頭的壓力屈服，歪著脖子扭著身子，仍然在繼續的生活著，我想，如果我不移動那塊磚頭的話，再過幾天，它照樣可以自磚塊的旁邊探出頭來。

月色

都市裡的月色都被那些大個兒的高樓給搶光了，要想飽餐一頓豐富的月色，就請到鄉間來吧！

這裏的月色就像是一種清新可口的液體，總是喜歡以浩浩的氣勢向著大地慷慨的傾瀉，緩緩的流注，靜靜的澆灌。傾瀉到原野，原野便被漆起一片輝煌，於是，便有蛙鳴，便有蟲奏。流注到溝壑中，溝壑便被充實了起來，青山更青，澗水更藍。澆灌到每一棵草木的身上時，每一棵草木便獲得了滋潤，便更加嫩綠，更加青壯。

烏雲常常會把潔淨的藍天污染，而月色可以把被污染的藍天洗滌得更加清晰；夜幕可以把山水的面目遮掩，而月色可以把深垂的夜幕掀開。

在鄉間，月色是一種廉價的營養，可以用勺子一勺一勺的舀著喝，也可以用手一捧一捧的捧著吃，我就是常常吞噬月色的。有時候恨不得舀幾勺子裝在口袋裡帶回來，有時候又幻想著它能夠變成一種固體的食物，好讓我切幾塊帶回家裡來煮著吃或是烤著吃。當然，要是成為一種織錦更好，我可以撕裂下幾塊來，掛在客廳的牆壁上成為一種美好的裝飾。

我這個小小村落的月色是與眾不同的，它有著一種奇特的芳芬，因為這裏的月色都是從村子後面那座青綠的高山頂上流下來的；那山上種滿了水果，所以自山頂上流下來的月色，都帶有蘋果的味道，橘子的味道，以及香蕉或是鳳梨的味道。

鄉間的月色美，山中的月色更美，美得你在月色與睡眠的兩者之間難於做一適當的抉擇。我就曾經有過這種經驗，那一年，我在中部友人的農場裡過夜，天剛落黑，夜色便從大雪山的後面潑了過來，把整個山野潑得一片銀白。在那種情況下，我是不忍心把自己關進屋子裏去的，雖然屋子裏有一盤可口的水菓在等待著我去品嚐，可是，山野裏的月色對我的誘惑更大更狠，於是，我便把腳步移向林間，看月色如何去滋潤林木，如何去光明一列幽暗的深谷。腳步在不同的林園中躊躇著，猛一抬頭，一眼便觸到了大雪山頂上的那片銀白，那真是有資格被稱為是銀色的世界，因為那裡積有皚皚的白雪，潔白的積雪再用輝煌的月色去予以漆染，真是夠白了。那是一個用月色裝飾起來的冬夜，由於我飽飲了一夜月色，所以整夜沒有感到寒意。

那晚的月色真是夠慷慨的，等我回到農舍裏去的時候，我的床上也有一大片月色在那裡等著我。這是我所喜歡的，因為我將睡在月色裡。

能夠經常享受月色的人是有福的，尤其是鄉間的月色。

在童年，我是曾經擁有一大片寶貴的月色的，就像一些富豪之家擁有一大片土地那樣。可是，那片月色太重太大，我無法馱負著它浪跡天涯，所以，當我離開家鄉的時候，只好把它留置在大江以北的原野上。

踽踽獨行

跑到鄉間來，踽踽獨行於漫漫的山野，為的是掇拾一些風景。飲不完的青翠，嗅不盡的芬芳，固然為我所喜，這裏的一片枝葉或是一聲鳥鳴，也會給我一些新的意義。

走出莊子，迎我的是一片翠野和一列青山。曲曲的小徑自莊頭上以輻射的姿勢向不同的方向延伸過去，每一條小徑上都湧動著一種來這裡迎接我的表情。這些小徑是用青綠的莊稼鑲嵌起來的，樸拙中帶有精緻。別看這些小徑是如此的細瘦，但是它卻能夠承擔起重重的負荷，在難以追溯的過往歲月中，它為這裏世世代代的鄉農們，曾經貢獻過無窮的力量。

我便踏著小徑走向山林。這是一個秋末冬初的季節，而這片深幽的山野裡，卻還留駐著一個捨不得歸去的夏天。夏天捨不得回去該是有道理的，因為它戀戀於這裏的寧靜與清新；而秋呢？為什麼沒有來臨呢？可能是找不到入山的路徑吧！

進入山林之後，我就忙碌起來了；忙於窺測那些濃蔭的深度，忙於辨識那些樹棵的類族，忙於默算由一個花朵變成一個果實的經過，忙於欣賞農人們如何把一片荒蕪的山角雕刻成一小片一小片的梯田。我踽踽而行，我默默而思。我不曾發現過一個農夫會像我這樣，對於這裏的事物抱有如此的狂熱與欽羨，就是連一個充滿了好奇心的村童也不會這樣，可是我知道，那是因為他們早就擁有了我所沒有的，也懂得了我所不懂的。

再往前走，觸目的是一片竹林，那些細長的竹子們，密密麻麻的擁偎著，一個勁兒的，以挺拔的姿態往上生長著，就好像是大家要去搶奪一片藍色的天空一樣。竹林是生在一個斜坡上，我就納悶，這麼一片貧瘠的斜坡，到底會有多少的營養和水份，可以把這片竹子飼餵得如此青翠，如此健壯。

越往前走，翠綠越深；越往前走，山色越濃。這是一個秋末冬初的季節，可是，這裏的草草木木們，好像根本就沒有理會季節的變換，它們，照樣的開他們的花，照樣的抽它們的芽，照樣的青它們的青，也照樣的綠它們的綠，所以我說，這裏還留駐著一個不願意回去的夏天。

我就在這樣的綠海裏泅泳半日。這是一種愉悅的浸滌。也許是懂得了我的飢餓吧！這裏的山飼我以青翠，這裏的溪飼我以水聲，而這裏的人們呀！也飼我以濃濃的友情。

傍晚，鄉農們三三兩兩陸續自山中歸來，每人的身上都扛著一片暮色，再晚一點兒回來的，除了扛著一片暮色以外，它們的身後還跟著一羣星子。於是，我乃驟然悟及，現在，我和他們都是富有的人了，他們擁有了一天的時光，而我也掇拾了濃濃的山韻和水聲，濃濃的野趣和鄉色。

明晨我將歸去，這些山韻和水聲、野趣與山色，會與我同行。

附註：

63.12.25「聯合副刊」，後分章收入《鄉景》和《張騰蛟自選集》（67.4.黎明）以後被收入《聯副二十五年散文選》（65.9.聯經）。

山坡與岸堤

在我的生活內容中，那片小小的山坡和那段短短的岸堤，是佔有相當地位的。山坡已夠平凡，何況它還只是那麼小小的一片；岸堤也夠平凡，何況它也是短短的那麼一段。

我的這雙眼睛，不知道曾經看過多少山坡，也不知道曾經看過多少岸堤。說山坡，從大庚嶺到泰山，從阿里山到雪山，誰曉得有多少個大大小小的山坡；說岸堤，從楊子江到黃河，從淡水河到大甲溪，誰知道有多少段長長短短的岸堤。可是，在我的印象中，有哪裏的山坡能夠比得上我眼前的這一片？有哪裏的岸堤能夠比得上我腳踩的這一段？

我把這塊山坡稱之為小小的一片，是因為它的面積的確是太小了，在這塊山嶺綿亙的原野中，它真是算不了什麼，可是，它的氣質，它的容貌，都是遠非其他的山坡可以相比的。凡是有山的地方都會有山坡，可是，卻沒有任何一塊山坡會如此令人喜愛。

小小的山坡就坐落在山的腳下，以一種略帶傾斜的坡度，坦然的舒展著。這是一個叢生著各種樹棵的山林，只有這一片小小的山坡是例外，它是用茵茵的綠草鋪成的。一看起來就會讓你奇怪，為什麼整座山上都長滿了樹木，偏偏只有這一塊山坡是例外呢？山林中的雜木們都在那裡密密的擁擠著，為什麼它們不到這片小小山坡上來爭奪一點點土地呢？還有，這裏的草地是沒有經過人工培育的，為什麼那樣的整齊呢？那些青綠的草們，個子都是一般高矮，看上去簡直會使人想到高爾夫球場的身上來。

我是常常會一個人到這裡來的，因為這片小小的山坡用它的坡度斜映了一個大千世界。當我在草地上蹲坐下來以後，一張美好的畫面就展現在眼前：正面是青翠的葫蘆山，山的腳下有一條溪流自那裡走過，一些小船，一些鴨羣，經常為這條小溪裝飾風景。極目左右，便是一片嫩綠的田野，那裡面裝滿了農人們的智慧和血汗。所有的莊稼雖然還是青青綠綠的，但是看上去就會使人立刻想到了打穀機、豐滿的米倉，以及金黃的成熟季。

有時候我會用手去撫弄一下身邊的綠草，可能會驚起幾隻蚱蜢，可惜的是，牠們和我家鄉的蚱蜢不是屬於一個類族，要不，我便可以從牠們的身上窺到一點點我童年的影子。

我把這段岸堤稱之為短短的一段，是因為它的確是太短了，短得只有十幾公尺的樣子。這麼短的岸堤，是只能讓我蹲坐而無法讓我彳亍的。可是，我是極為喜歡它的。

這段岸堤是為了護衛一個小小的池塘而存在的，難得的是在這段岸堤上竟然有幾棵漂亮的垂柳。在這個地方，垂柳是不常看到的，像岸堤上的這幾棵這樣青壯這樣繁茂的，更是少見。

柳樹的枝幹並不怎麼粗大，但是它卻容得下那麼多細細長長的柳條在上面牽曳。看到倒垂的柳條彎著身子去探觸平靜的水面，就會想到唐朝還是宋朝一位畫家那美麗的畫幅。

在岸堤的護衛下，池塘的容貌看上去是非常健康的。雖然，這裡的水並沒有一個潺潺不絕的源頭，但是，它是終年不涸的。

我也像喜愛那片山坡那樣，喜愛這段岸堤。有時候會在濃濃的柳蔭下度過一個夏天的下午。除了喜愛這裡的柳樹，當然也喜歡吊在柳樹上的那串串蟬聲，這裏的蟬們就像軟軟的柳條那樣文雅，它們只有柔柔的輕鳴，不會作煩人的尖叫。

對於柳條，我是有著特別愛好的，也是有著特別印象的。記得在故鄉的三月裡，我最初發現春的蹤跡時，就是在莊前岸堤上的那些柳枝上。小小的芽兒，靜悄悄的自細長的柳條鑽了出來，嫩嫩的、黃黃的，像極了剛出蛋殼的小雛雞的嘴兒，我常想，春天大概就是被這些小嘴兒啄出來的。

附註：

64.1.3「青年戰士報副刊」，為〈掇拾篇〉三個子章之一，後收入《鄉景》中。

另被收入：

一、《台灣藝術散文選》（1990.7.天津百花）

二、《語文月刊》（1998.5.廣州華南師大）

三、《望斷煙村四五家——台灣名家散文選讀》（1999.吉林攝影出版社）

四、《感動小學生的一百個家鄉》（2006.2.1大陸九州）

擺渡的老人

那老人的大部分歲月都是在河上度過的。當我的視線觸及到他那滿臉的皺紋和那微彎的身軀時，我會隱約的看到他那段艱苦的生命歷程，是如何的值得讚美。

河流緩緩的自羣山之中流過，河的兩岸雖然沒有多少人家，但是他們必須要仰賴著老人的渡船才能夠得以交通。在漫長的歲月中，他用一份近乎虔誠的執著，守護著船，守護著岸，也守護著河岸的冷清與空寂。表面上看去，靠著這條船來擺渡就是他的職業，也是他的生活；但是，他絕對不是單純的為了賺取那一點點酬勞，而是在從事一種事業，履行一項責任。我常常發現，當天氣惡劣的時候，一天當中來往的旅客也只不過是那麼三五個，要是靠這幾個人的船費來維持他的生活，那是不可能的。

老人是如此的熱戀著他的工作，有時候他明明知道只有那麼幾個人來照顧他的「生意」，但是，他仍然是以極為認真的態度在這個空曠的河岸上等上一天，因為他知道，對這條河來說，他就是一座活動的橋，只有他才可以使人們從這岸走向那岸。更有的時候，為了等待一個遲歸的旅人，會付出幾個小時的時間來靜靜的守候。因為他知道，如果他不去耐心的等待，那個人這天晚上就無法回到他的家裏。

夏季裏，河裏常常洶湧起滾滾的洪流，這種情況是不適於擺渡的，可是老人有經驗，他有把握使他的木船能夠安全的來往。木船在河面上斜斜划行著，船上的乘客也許會有一些兒驚悸，但是老人卻極為泰然，因為他太了解洪流了，只要他敢於啟航，他就不會失敗。

這是一片離城不遠的山地，從山的空隙裏就可以看到城裏那叢叢簇簇的樓羣，可是，老人對於城市非常陌生，他無暇進城，因為他無法離開他的木船，沒有人能夠代替他的工作。

在這短短的航道上，老人已經划去了不少的春、夏、秋、冬，也划來了滿頭的白髮。誰也計算不出他到底已經滑了多少個來回，甚至連他自己也不能夠。可是，老人的熱情依然，健壯的體格和朗朗的笑聲可以說明，他未來的歲月還非常長遠。說起他那朗朗的笑聲，也是值得一談的，那種宏亮、昂揚，這一帶的人是沒有能夠和他相比，當他的笑聲揚起時，空曠的河谷裡立刻便有一陣響亮的回聲，別人的笑聲也會得到回音，但不會如此響亮。

幾十年的擺渡歲月中，老人的生活並不是完全平靜的，洶湧的洪流，狂暴的颱風，都曾經在這一代的山野裏造成災難，然而老人卻沒有輸給它們，因為他擁有應付一切災難的智慧和力量。

一種在水波上蕩來蕩去的生活，看起來非常單調，可是，對於這個擺渡的老人來說，卻是豐富的，因為，他用他的愛心與忠誠把每一個日子都充實得飽飽的。

附註：

64.3.17「中央副刊」〈閃爍的星群〉中的一個子章，與〈那默默的一群〉同篇。收入《鄉景》中。另被收入：

一、《九年一貫國中國文教師手冊》（91.5.南一）

二、《國中國文教師手冊》第一冊（87.1.國立編譯館）

三、《新細說國中國文》（88.2.建宏）

野趣

勇於鑽探的根鬚

有一次，在一條細瘦的山徑上看到了一些突出在地面上的樹根，雖然被人們踩得連皮都沒有了，還是彎著身子弓著腰的在那裡苦撐苦挨，且以一種不承認失敗的姿態繼續朝著路旁的泥土裡鑽。根鬚們拚命鑽探的姿勢是令我敬佩的，我真想隨便選一條來挖挖看，看看它到底是自哪一棵樹上伸出來的；也看看它到底鑽到哪裡去了。然而，我卻沒有這樣做，因為我知道，任何的根鬚如果遭此一挖，恐怕也就活不成了。一條根鬚的死亡算不了什麼，但是過於殘忍，因為它沒有理由遭受無辜。

今天，自這個樹坑的旁邊經過，發現到了這些被遺留了下來的斷根，我想，我是可以選擇一條來挖挖看了，因為這棵大樹被伐掉了之後，這些根鬚都已經死亡。

我終於發現到了一條根須在地下鑽探蜿蜒的全部風貌，那樣子很像是一條蚯蚓。

任何一條根鬚，只要它擁有了生命，注定要不斷的前進不斷的發展，然而，地層下是沒有道路可走的，因此，每一條根鬚都要為自己開闢一條道路，沒有人可以測透地下的情況，根鬚也是，所以，它既然被註定了如此，就只有勇於鑽探。我想，根鬚們一定懂得，在無法窺知未來的情況下，如何尋找方向，如何為大樹尋覓營養，就是它們的生活內容。它們一定懂得，它們的生存並不是為了它們自己，而是為了一棵完整的樹，為了一個完整的生命。

我發現到，根鬚的鑽探並不是容易的，在它全部的鑽探過程中，幾乎沒有一塊美好的路段，左也石頭，右也石頭，每一塊石頭都阻擋著它的去路。怎麼辦呢？為了樹的生命，是不能停止鑽探的。嚴重的是，石頭們不光是阻擋了它們的去路，而是無法替它們提供養分。於是，便不得不貼著石頭的邊緣扭扭曲曲的另找出路。地底下，根鬚們既沒有眼睛向前瞭望，也沒有嘴巴探詢未知的一切，誰曉得什麼地方有水分？誰曉得什麼地方有營養？除了不停的勇敢的鑽探，還有什麼別的辦法！

我所挖掘的這條根鬚，在石頭與泥土之間吃力的鑽探了一陣子之後，很不幸的，鑽進一條狹窄的石頭縫裡了去。根鬚有拇指這麼粗，窄窄的石頭縫無法容納得下它，原本是一條圓圓的根鬚被石頭縫夾的扁扁的。我真擔心它會被石頭給夾死，然而，它卻以扁扁的低姿態，拚命的往前鑽擠，終於尋出了新的出路。不但如此，它還在接近地表面的這個地方竄出了幾個新芽來。這是令我欣喜的，我靜靜的凝視著這一簇新的生命，我想，這條根鬚之所以在這裡生長起這幾個新芽，可能是在告訴把它擠扁了的這幾塊石頭說，哼！看看到底是誰贏了！芽兒很新很嫩，是不久之前才生長出來的，因此，也可能是長給伐樹的那些人看的，告訴他們說，你們不是把樹挖走了嗎，我在這裡再重新長起。如果真是如此的話，待若干年後，這裏也許會有另一棵大樹挺立了起來。

一簇新生的芽兒推翻了我的判斷，因為我一直認為這些根鬚業已死亡。面對著這些新的生命，我不得不停止我的挖掘，而且，我還要把剛才已經挖了出來的這一段，重新敷蓋上泥土，讓它繼續的鑽探，繼續的生長。

一條根鬚就是一個故事，就是一段哲理。我雖然只觀察了這一條，我想，世界上所有的根鬚都是一樣，只要是它能夠幫著草草木木成長起來，它一定都有過相當的付出。

陽光陽光

還有什麼比陽光來得豪爽來得慷慨來得大方呢？年紀老老的老太陽，忙了一輩子沒有幹別的，總是忙著潑灑陽光。陽光可能是天地間最富營養的營養，植物們吃了它，葉子綠得更綠，花而紅得更紅。人們有了它，笑容更美豔，臉龐更紅潤。

近幾年來，也許是因為高樓大廈來得太多了，搶走了太多的陽光，因此，對於陽光有著饑渴感的人也就跟著越來越多。距我住處不遠的永春坡，在從前，原是一片寂寥的山野。這幾年就不同了，一到假日，尋找陽光的人羣便一波波的湧了上來。我知道，不只是永春坡這樣，很多地方都是如此，像那些無名的山野，像那些長長的沙灘，都是人們享受陽光的地方。陽光這種東西就是這樣，既可以吞食也可以淺飲，既可以擁抱還可以浸滌。所以，人們樂於親近它。

有幾個老公公，每個假日都是自我窗外的山徑走上永春坡的，他們以各種不同的姿勢去享受陽光，我看他們喜愛陽光的那種表情，可能會遠勝於喜歡金錢與權勢。也許因為金錢與權勢並不一定會給他們健康，而陽光卻能，並且一定會的，這可以自他們那紅潤的面龐上找到答案。我常常發現，他們對於這山野中的陽光的眷戀，是非常狂熱的，有時候甚至會遲遲的不願走下山來。如果陽光這種東西可以綑紮可以包裝的話，他們一定會一綑綑一擔擔或是一簍簍一筐筐的運回來，倒在他們的屋子裏或是院子裏，去盡情的享受。

對於喜愛陽光的人來說，老太陽是不會吝嗇的，凡是它能夠施予的，它便絕不保留。有一天，那幾位老公公走上山去的時候，天空便陰了起來，這是令他們失望的事情。然而，蹲在遠天上的老太陽卻懂得他們的焦灼，懂得他們的期盼，只要穿梭的雲羣騰出一點點空隙，便會倏然地撒下一些陽光。這個時候，上面是陰暗的天色，下面是翠綠的原野，自雲隙中撒下來的陽光，便顯得格外金黃。當然，老公公們的笑顏也就更甜更美。

陽光是昂貴的，但是並不需要用錢來買，也許就是因為這樣，在某些人的眼睛裏，這是一種不必值得重視的東西。然而，對於一些需要陽光而得不到陽光的人來說，它該是何等的珍貴。不用說人了，就拿植物來說吧！我常常看到些出生在陰暗中的草木們，伸長了脖子或是探著身子，去採摘陽光，有的是採到了，有的根本就是不可能的。因為它們沒有腳步可以挪動。看看它們那種急切獲得陽光而又不可能獲得的表情，心神會為之一怔。

我可能是很多容易獲得陽光的人中的一個，也可能是擁有最多陽光的人，因為我的小屋就築在充滿了陽光的山野中，我就住在陽光裡。

我雖然擁有如此多的陽光，可是我並沒有去揮霍它，因為我知道，陽光雖然不需要用錢來買，但是它卻是昂貴的，尤其是當我看到那些伸著脖子探著身子去採摘陽光的草木們時，對於已有的陽光，我更加珍惜。

人是要靠陽光來充饑解渴的，更重要的是，人們應該把他們的心送到陽光下去曝曬，這樣才不容易感染霉菌。

附註：

65.3.（21.22.26）《聯合副刊》，後收入《海的耳朵》（65.9.5聯亞）。

另被收入：

一、《大地之歌》（71.3.大地）

二、《聯副六十五年度散文選》（66.3.聯經）

山中小記

植物世界

我越來越喜歡植物世界了，因為這個世界裏充滿了和諧與生機，充滿了寧靜與安詳。

植物們就是這樣，生在哪裏便站在那裏，老老實實的站上一輩子，誰也不會跑，誰也不會走；自己找養分，自己成長自己，自己健壯自己。它門之間，誰也不惹誰，誰也不害誰，誰也不打誰的歪主意。因此，它們這個世界裏，便沒有追趕，沒有欺侮，沒有相互間的毆鬪與殘殺。

壞的是，因為它們沒有腳，災害來了無法閃躲，旱澇來了無法逃避。渴了，不能移動身子去找水喝；餓了，也沒有辦法邁開腳步去找東西吃。好在它們能挨、能忍，有多少吃多少，有多少喝多少，不爭、不吵、不搶奪。

植物們默默的繁衍它們的子孫，默默的蔓延它們的後代，也默默的建構它們自己的世界。就拿我家後面的這片山來說吧，沒有人播種，沒有人栽培，也沒有人去理會，而各種類族的植物們卻在這座山上建構起了它們的完美世界。自低矮的小草，到高挺的大樹，自爬蔓的藤葛，到叢生的灌木，都是那麼的青嫩，都是那麼的壯旺。山的年齡一定是很高了，而植物們的宗族，也有很古老的歷史了，它們便一代接一代的，守著這片山，守護它們自己的世界。

為了生長，為了生存，為了千秋萬世的子子孫孫，植物們也用盡了腦筋，想盡了辦法，來保護自己。像某些高個子的菓樹，為了避免外來的騷擾，不得不用樹幹把花果擎舉得高高的；像某些荊棘，為了避免外來的欺凌，不得不武裝上一些針刺。別看她有針刺，不是用來攻擊，而是以之自衛。

在一個大型的人造纖維工廠裏，看到一塊木頭走進機器裏，幾個小時之後便蛻變成為一塊布匹，自另外的一座機器裡走了出來，便想到，植物們所給予我們的，豈止是一種風景！我們看它們、吃它們、用它們、也穿它們。

老太陽

由於老太陽向這個大地潑撒陽光潑撒得過於慷慨了，因此，沒有人覺得陽光之可貴，總認為這是一種最為廉價的東西，廉得幾乎沒有價錢，廉得幾乎不需要任何的付出便可以大量的擁有它。總認為只要是有白晝存在，就不會短缺陽光，反正老太陽耐不住雲層後面的日子，只要一有機會，便會面向大地，只要是它面向大地，就會有陽光潑撒起來。而且，總是那麼的豪爽，那麼的慷慨，無邊無岸、無際無涯的，潑撒呀！潑撒。在這種情形下，只要你肯於接受，就不愁沒有它。甚至，你不要都不行，你逃避都不行。

我曾經看到有很多人，沒有把陽光放在眼裏，沒有把陽光當做一回事情。陽光嗎？那是取之不盡、用之不竭的東西，只聽說愁著陽光太多，沒聽說愁著陽光不夠用的。像我，也是這很多個人中的一個。生長在一個不缺陽光的地方，總覺得陽光是一種不關緊要的東西，天底下沒有別的，就是有的是陽光，甚至可以呼之即來揮之即去的。後來，在一個電影情節裡，看到幾個在深山裡被雲霧迷了路的年輕人，脫險出來之後，竟對著金黃黃的陽光雀躍了起來的鏡頭，才漸漸省悟到，人是少不了陽光的。

不久之前，搬來這個坐南朝北的新居，一切的條件都不錯，就是缺少陽光；不但缺少，甚至根本就見不到一點陽光。初來的時候還沒有覺得怎麼樣，時日既久，便覺得情形不對，覺得一間從來就沒有見到過陽光的屋子，是令人感到窒悶的；尤其是我這一方小小的庭院，情形更糟。我所熱心培養起來的那些花草，由於吃不到陽光，餓得都快要凋萎了，我每看到花草們那種祈求陽光的表情，便覺得愧疚萬分。它們是在我舊居的陽臺上長大的，從來就沒有缺少陽光過，如今，久久不見陽光，怎麼能受得了呢！我終於明白，人需要陽光，花草也是，甚至連一間屋子或是一角庭院，都不能缺少它。

天氣晴朗時，院牆外面便是滿地陽光，庭院中的那些花草們被牆外的陽光饞得垂涎起來，要是花草也有腿腳，必然會越牆而去，去向陽光裡。我眼看著它們那種饞相，心裏著實不是滋味，於是，便把這些飢餓了的花草盆景端到外面陽光地上去晒——晒花、晒草，也晒我自己。花們笑了，草們笑了，我，也笑了。而站在遠天上的老太陽，也在笑著，而且，一面笑，一面就向我們潑撒陽光。

林聲

任何的一處山林，不但是一簇風景，也是一堆聲音。在某種情況下，山林所給予你的，不但是視覺上的，也是聽覺上的。它能讓你的眼睛看到一些甚麼，同時，它也能讓你的耳朵聽到一些甚麼。

各種曲調的鳥鳴，各種韻律的蟲奏，以及各種不同節拍的水聲，固然是林聲大樂章中的主要節段，而山林本身的聲音，如芽葉的蠕動，枝幹的伸展，以及那根鬚的鑽探，都會多多少少製造出一些聲音來。如果你是山林的知友或是林木之至交，只要你踏足林中，你便會聽到這些聲音。甚至，你坐在老遠老遠的家中，也會聽到。

鳥鳴是林中聲音的主要部分，只要你走進林中，總是會有各種不同的鳥聲直奔耳畔，或啁啾，或吱喳，或低低的叫喚，或高高的呼喊，不管怎樣，總是會斷斷續續的持續著。沒有人會批評鳥聲，沒有人會討厭鳥聲。鳥聲常常來自某些人家的鳥籠中，然而，那種鳥聲會真的能夠悅耳嗎？真的能夠動聽嗎？或許聽起來雖然是清脆婉轉，可是，誰知道清脆婉轉之中又包含著一些甚麼呢？真正的鳥聲，應該不是來自籠裡，而是響自林中。

昆蟲們是山林樂章的另一批歌手，牠們的聲音也許是參差不齊，也許是高低不一，然而，牠們卻勇於歌唱。站在枝頭上的那些蟲蟲們固然會放開嗓門大叫不停，而生活在地層下面的那些小小東西們，也會張開嘴巴唧唧上一陣子。聽到來自地層下面的蟲奏聲音，便會想到牠們在泥土裏生活的那種境況，黝黝世界裏，無畏於憋悶，無懼於窒阻，而仍能怡然自得，唧唧而鳴。

地球上到處都有水聲，而唯有林中的水聲最具韻味。水聲之有韻味並不是容易的。江流有聲，河流有聲，溪流也有聲，然而，那種調子都不是我們所喜歡的，只有來自林中的水聲不同，低低的、細細的、輕輕的、軟軟的，要多好聽就多好聽，教你沒有辦法挑出毛病來。有時候，水聲來自林的深處，潺潺有致，淙淙入耳，而你卻還沒有看到水流何處，這個時候，你心目中的山流，該是多麼神秘、多麼含蓄、多麼令人嚮往！

真正的說起來，山林裏面是沒有寧靜的，一座山林如果真的寧靜了起來，那還有什麼可談的？如果你聽不到鳥鳴，聽不到蟲奏，聽不到水聲的時候，就以為山林是寧靜了嗎？其實不然，芽葉的蠕動，枝幹的伸展，以及那多得無法數計的鑽探，都是有一些聲音的。尤其是在春夏之日裏，植物們生長的聲音真是可以譜成一闋交響曲，只要你用你的心靈去仔細諦聽，便可以聽得出來；便可以聽到一些小小芽兒們爭著降世的聲音，便可以聽到一些枝枝幹幹成長茁壯的聲音，便可以聽到一些根鬚鑽泥探土為自己的未來開闢道路的聲音。

當然，並不是所有的林聲都是清心悅耳的，有時也有例外。例如颱風掠過時，有些蠻橫意味的風聲自林中呼嘯而來，裡面塞滿了驚恐，充滿了霸氣。這個時候，風聲雖然難聽，可是，令我想到那些林木們全力抵抗風雨的神態來，不禁會肅然起敬。我常常看到，風雨中的林木們，擺著頑強的姿勢來和風雨硬拚，有時候，枝枝葉葉都被颱風吹得不像樣子了，而它卻仍然在那裡死撐著。一陣風很快的便過去了，而一棵樹卻並不輕易倒下。風的生命是短暫的，而樹的生命卻是長遠的。林聲、林聲，林聲是什麼呢？林聲呀！是自然界裏的一個大樂章。有無窮的悠長，有無數的節段，日日月月年年裡，在那裡不停的鳴奏著。

附註：

67.6.《文藝》月刊一〇八期，分三章，打散後收入《繽紛季》。（69.8.2水芙蓉）

另被收入：

一、《台灣散文選》（1970.12.北京人民文學）

二、《台灣散文鑑賞辭典》（1991.12.山西北岳）

（兩個版本均將「中」字改為「間」）

古藝品詠

藝術是一種芬芳一種美，也是一種永恒一種神，是至香至大至高的，沒有別的東西可以與之相比。

唐・三彩陶馬

每回凝目注視牠這昂揚飛奔的雄姿，耳邊便會有答答的蹄聲響起，那蹄聲是來自遠遠的盛唐裏，然後，越過宋、越過元、越過明、越過清，踩著浩浩萬里的土地，也踩著難以數計的日子，直奔而來。

想像得到的是，當牠虎虎生風的馳騁過時代的廣闊原野時，也該有一些驚訝的眸子對著牠罷！那些眸子們，聽到蹄聲自遠處響起，立刻便迎了過去，然後，跟隨著牠的身姿與蹄影，急急的迴轉，轉呀轉的，一直目送牠消失在歲月的深處裏，而歲月呀，即使再深再厚，也是只擋身影不擋蹄聲的，因此，蹄聲便到處響著，清脆而厚重的響著，我現在所聽到的，也是這個樣子。看情形，不論時間多老歲月多長，而牠的蹄聲，將會永遠清脆下去，且越來越脆。

晶瑩的釉彩放射著千年的光華，貼在牠豐潤的肌膚上的，是無窮的力，無限的美，無盡的丰采。以敬慕的情懷站在牠的身旁，只想到這是萬古活活的一肉身，而不曾想到陶泥，不曾想到燒煉。視線模糊時，還隱隱看到牠舉蹄輕躍的姿勢，甚至，還會聽到牠低低的嘯聲。

牠原本就是一隻生物，一隻藝術生物，如今，牠的生命仍在，而且，相當健旺。牠有理由來擁有這種健旺，因為，牠的生命畢竟是在九百度的高溫之下完成的。

清・翠玉白菜

上百年都不爛不腐的一鮮蔬，自始至今都是如此這般的嫩嫩著、白白著、綠綠著、也脆脆著。猶如今晨才冒著霜寒自菜園裏採了回來的；上面的露氣正新，生機正旺，葉片裏的水分也正飽飽盈盈汪汪沛沛。

葉片子自然然的生長著，葉脈絡自然然的展佈著，食興正濃的紡織娘和青蝗，也正悠然自得的饕餮著，這情景，只有栩栩如生這四個字才夠資格來形容它。這樣的一件寶，刀法之細與雕工之精，更是令人叫絕，只有神刀神鑿才雕得出這樣的神菜神虫，同樣的，也只有巧奪天工這四個字，才有條件來比喻它。

這是不能貿然觸碰的東西了，那樣脆嫩的鮮菜葉，一碰就會受傷的，一碰也就會碎斷的；還有那正在進食的紡織娘等，只要那麼輕輕的一觸碰，就會驚嚇得跳走的。這樣的一件寶，寶得多麼完美，寶得多麼珍貴，如果只因為那麼貪婪的一觸碰，就把完美碰碎了，就把珍貴碰沒了，該是何等的罪惡，何等的荒謬，何等的不安。

就只好凝神注目的觀看罷。事實上，面對這樣的一種東西，觀看就是一種享受；享受藝，享受美，享受厚厚無邊的驚訝與厚厚無邊的神秘。

這樣美好的一棵玉白菜，誰還不想擁有呢？然而，這是珍品這是寶，是無法再求的，因此，仿製品便源源不絕的出來了。雖然也很生動，雖然也很俊美，可是，仿就是仿，總是仿不成功仿不像的，如今，類似的翠玉白菜雖然到處都是，不過，缺乏生機缺乏美感，沒有一棵具有它的真正血統，也沒有一棵是它的真正後裔，即使是那些喊價幾千幾萬的，也不例外。因為，它們的身上總是少了一點東西，而且，是最最珍貴最最神奇，也是最最不容易得到的那一點。

附註：

73.3.19《新生副刊》〈古物誌〉（約五千字，分八個單元）收入《綠野飛花》（77.1.黎明）。美國《世界日報》於73.5.8全文轉載。

後被收入：

一、《台灣藝術散文選》（1990.7.天津百花）。該書係取其中的〈唐・三彩馬〉和〈清・翠玉白菜〉兩章，並以〈古藝品詠〉為題。

二、《抱一把胡琴》（1999.11.30北京文藝，另說為2008.1.）聶華苓編《台灣百年散文大系》。

三、《百年美文——談藝卷下》（2009.8.1廣州百花文藝）季羨林編。

四、《詩人與酒》（2000.1.北京中國書籍）。

山中有寶

山中多寶，於金、銀、珠、玉之外，還有健康寶、生活寶、知識寶等等。

青山道上多健者

一脈青綠的山岳，就在城區外面廣闊的郊野裡排列著，看起來好像是列一點風景給城裡人看，事實上卻並不如此單純，除了風景之外，它主要的意思還在接納人們的投入，然後，就依他們的意願，供其所需。

那些被青樹綠草鑲嵌得清清幽幽的山徑，自山腳下面開始往山裡蜿蜒，一直蜿蜒到山的最高處，許多的愛山者與戀山人，就踏著這些山徑入山出山；品嘗山趣，享受山恩。

天還未亮，山道上的行人就很多了，至於晨曦乍現之後，人數自然更多。對於有意到山裡來尋找健康的人來說，清晨是一段最最美好的時光，他們絕對不願意把這段時光留在床上。因此，清晨的山道上，盡是急促的腳步，盡是閃閃的人影，盡是繁綻的笑顏與脆響的笑聲。

無以數計的登山者中，有老年人、有中年人，也有青年人，約略看看，可能以中老年人為多。

許是得力於自己的毅力，許是得力於山的施與，每一個登山客幾乎都有著一份異乎常人的健康，在這裡，如果以一般的印象或標準來猜測一個人的年齡，十之八九會猜不準的，尤其是對於年齡較高的人，更是不易猜中，因為，多數人的外貌看上去都會比他們的實際年齡低得很多。一個看上去只有五、六十歲那種樣子的戀山人，如果問問他的年齡，他很可能會告訴你說，已經七十幾了。常常在這些山道上走動的一位已屆七十九高齡的耄耋老者，不但鶴髮童顏腰桿英挺，他那虎虎生風的走姿，卻仍如壯旺的青少。一看就知道，這種健康自然是山所給他的。

其實，有很多人不但利用早上這段時間登山健身，一有假日或是合適的機會，只是山袋一只，杖木一截，就會在山中流連半日，或是逍遙整天。即使是雙拳空握，只憑快速健步和那份對山的嚮往，也可以這峰那峰的連連穿登上好一陣子。因此，不只是眼前這幾條山道上多健者，其他的地方也是如此。有一次我自北海岸上的野柳搭乘公路班車經石門、淡水回臺北，就在石門附近的一個小站上上來了幾個登山者，從他們的閒談中，得知那個笑聲朗朗看上去只有六十出頭的健壯男士已經是七十有七了，沒想到，就在忙著驚訝時，又得知，另外一個比他稍微年長一點的人，卻已年高八十又六了。八十六，該是一個多麼老邁的年齡，而他，卻依然健壯如此，看樣子，即使再過二十年，他那硬硬的腰桿子也不會彎駝多少。不用說，他的這份健康，又是山所給與的。當然，說他是自己主動向山索要的，也可以。

這塊土地上，有許多喜歡接納人們投入，喜歡給與人們健康的山，自這些山的身上獲得恩惠的人，必然多多，多得無法數計。如此看來，「山」，不但健康了人，也直接間接地健康了這個社會。山是最高壽的，它不但壽己，也不斷地在試著壽人，壽這個世界。

和諧處

在山道上擦身而過的登山人，雖然彼此並不相識，但是來往相遇時，多半都會報以親切的微笑，或者，坦坦然的交換一個早字。走在這樣的晨間山道上，只見笑顏連連，只聞笑聲串串，當笑顏多早聲濃的時候，直覺得，這不只是走在一段山道上，也是走在一片和諧中。

這樣的山道上，自然會有一些狹坡或隘口，由於路窄道細，不可能讓來自兩個方向的人同時容身而過。然而，遇到這種情況時，絕對不會出現爭先恐後或僵持不下的場面，原因是，大家都懂得一個讓字，因此，這些地方裡，常常會出現一些請字或謝字的聲音，請字多謝字密的時候，會看到，有一個高高大大的禮字站在旁邊。

仍然牢守著山地田畝的少數人家，知道登山人是需要飲水的，就在他們的門前或在來往人多的路口，擺上一壺茶或是一壺水，讓人們自由飲用，一杯茶就是一杯愛心，一壺水就是一壺人情。在這樣的山野裡，有時候是會缺水的，而山民們卻總是會把他們那有限的飲水讓大家分享。

山道兩側的林隙裡，埋置著一些巨大的彩色傘，可以遮陽，也可以避雨，尤其是當山中的驟雨猛然來臨時，傘就可以把一些淋雨的人招到它們的腋下來，把雨滴隔在傘外。這些傘，也和那些茶水一樣；一把傘就是一把愛心，一把傘就是一把人情。茶水是農家施奉的，而這些傘呢？卻不知道是來自哪些善心人的口袋。

有人登高一呼或是領頭動手，在山頂上的平坦處建造一些小型的運動場，自然就會有人出錢出力出東西，有的捐單槓雙槓，有人送吊環或羽球架，有人則提供其他的體育用品，沒有捐贈能力的，則伸出雙手貢獻勞力。運動場所建成之後，卻不只限於出錢出力捐東西的人獨享，凡是到山上來的人，不論識與不識，都可一試。

有人自口袋裡掏出鈔票來在山上興建避雨亭或是休閒所，把磚及砂石拉到山腳下，然後，分成一袋袋、一包包、一捆捆，路過的人就會順手一提，帶著上山。山路崎嶇昂揚，四十分鐘的攀爬才到達山頂，在這種情況下，揹著一袋砂石或扛著幾塊磚瓦，都是極為吃力的，可是，他們不會計較這些，即使並不相識，也照揹不誤，出錢蓋屋的人並不純然為了自己享受，揹著建材上山的人也不是為了個人的利益。掏腰包的人夠公益了，而這些順便貢獻勞力的人，也夠熱心了。他們的負馱裡，誰曉得充滿了多少的親和意味，多少的關懷與愛。

這樣的青山野道，自然是禁不起山水沖激的，因此，每遇大雨，道路就會受到某種程度的損毀，好的是，雨過之後也自然會有一些不知名的人士執鎬握鍬的來修補一番，損壞嚴重時，說不定又有人拿錢出來，把它鋪成水泥的。

夏日多雨水，野樹野草長得既快又猛，行人較少的山道，過不多久就會被兩邊的草木給侵占了，然而，這種情形絕對不會持久的，一旦被那些愛管事的人發現到，他們立刻就會扛著那鋒利的大鐮刀來清理一番。炎炎烈日下操刀開路，不只是為了自己走，也是為了眾人的行。

遠遠看去，只是一脈靜靜的青山，一旦投入其中，便會發現到，這實在是一個包羅性極廣的妙地方。

徜徉

自峭壁石隙中滲淌下來的山水，在嵯峨的巖石上跌跌撞撞了好一陣子之後，終於落到了澗底，然後，反身一彈，立刻就蛻變成一道小小的清流，連哼帶跳的，鑽入山腰間的林叢。清流是來自山峰的肚腹，冷冷涼涼，一如冬日水寒，在這樣的夏日裡，必然會誘得人們合手掬飲或插足一濯。置身在這種環境中，澗水滌膚，山韻滌心，而晨間的清風啊！也滌盡俗思俗念。回首遙望山下蒙塵的街巷，以及那一大片的氤氤氳氳，立刻會感受到，此刻的我，正已超坐煙塵之外，澄澈晶瑩，不亞於身邊的清流。

這是一座多樹的山，各種類族的樹棵們，世世代代的在這裡聚居著，有些高齡的老樹，也有合抱之粗了。這樣的近郊裡，曾經也有過樵聲陣陣的歲月，而它們居然能夠免於斤斧，留存至今，也著實不是件容易的事情。有些枝葉繁茂樹冠蓬展的大樹，把姿勢擺得如傘、如簷、如掌，擺出一片慈祥來，那樣子，一看就知道是在等待人們的投入，好給他們一些綠意，一片涼蔭，或者，給他們幾串蟬聲，幾個蝶影以及一段悠然的時光。當然，人們是會了解並接受它們這份善意的，要不，為什麼幾乎是每一棵樹下面都有幾個佇留的山客；有的在那裡小憩，有的在那裡笑談，也有的是專門在那裡享受那片涼蔭的。中午時分，有的人還在那裡席地小飲或閉目假寐呢！

三棵巨樹的旁邊有一條人行小道，輕輕飄飄的朝著另一處密林鑽鑿而去，沿路走進去一看，只見樹木更壯更高，樹蔭更厚更濃，小路也越去越深，越去越遠，深遠到濃綠的內裡。置身在這裡，左看是團團青綠，右看是青綠團團，前看後看也是青綠一片，猛然間，會有一種閉塞隔絕不見天日的感覺；然而，轉眼之間，又覺得，這實在是一塊美好的青綠天地，青得那樣精，綠得很樣純，一個庸庸碌碌的都市人，能夠有機會被這些山樹們青青，被這些山樹綠綠；有機會被這厚重的青綠浸浸泡泡包包纏纏，也實在是愉悅極了，幸運極了，這是那些與山林沒有深交的人所不可能享受到的野趣與樂趣。這個時候，便很快地體會出來，在這樣的山野裡，之所以有曲曲小徑朝這裡通來，主要是起因於這片濃樹密蔭的強烈誘惑，舉步來此的人，不是為了尋找另一處山景，不是為了尋覓另一條出路，純然是為了來享受這片寧靜和這片青綠的。

自這片林叢裡折返出來，左轉上山，山勢又陡又峭，半是踏登半是攀爬往前行，越高越陡，越陡越是吃力，體力難耐時，真有半途打住的念頭。然而，舉目前望，腳踏的坑坑窩窩中，鞋印正新呢，確切說明，這已經不是一塊處女地，也已經不是一座原始峰，別人能上去，我為什麼不能？本此信念，繼續往上攀登，不多久，便直抵峰頂，抬頭一看，哇！高高在上，視野無限，這原是一個供人遠眺的地方。在這裡，覺得更近天空更近星辰，雲群在身邊湧動，樓群在山下密擁，倏然之間便體會出來，山的接納與峰的擎舉，是多麼的用心多麼的仁慈啊！否則，怎能有機會在這裡放眼看天下；看我們的山水是如何的秀美，看我們的大城是如何的巍峨。

林中玄機

由於暑假已經開始，跟著家長遊山的城市童子便多了起來，這些孩子們，平時生活在樓廈叢簇的市區裡，不是課室就是臥房，不是書本便是電視，很難有接近山林的機會，有許多年紀更輕的小小幼童，更不知道山林裡面裝著一些什麼東西，因此，一旦投入，便樣樣新鮮，樣樣訝異，不時的發出一些既興奮又急促的驚叫。

一戶掩映在密林深處的山中人家，在他們住處不遠的坡地上種植了幾畦玉米，青青綠綠，壯壯肥肥，一派生機勃勃的樣子。玉米正在結實，且已接近成熟。當這幾個不識農事的孩子們看到之後，立刻便玉米玉米或是包穀包穀地叫了起來，意思是說，我們平時喜歡啃食的玉米，原來就是這個樣子。有的孩子為了好奇，甚至還走到玉米畦的近前，用那稚嫩的小手，撫觸一下懸垂在玉米稭上的那紅紅纓穗，好親切好滿足的表情。

翻過一個山頭之後，是一片壯茂的竹林，幾個種竹人正在那裡採收新筍。近日來，由於雨水勤頻，新筍長得很快，種竹人家幾乎是日日豐收，尖尖的新筍稀疏不等的自地面上鑽探了出來，自然也是充滿生機，一旦被這些孩子們看到，又是陣陣驚叫，小小的心靈裡，認為他們又見識了一次大自然的奧祕，又上了大自然的一課。

攀著崖壁生長的幾棵大樹，所有的根部都暴露在外面，巨人的手掌一般，緊緊的把在石頭上，堅牢而有力量。這些根鬚，不但密，而且長，有的盤結，有的鑽探，整片崖壁上都是粗細不等的樹根。久居城市的孩子們看到之後，又是一陣驚訝，因為，他們從來沒有看過這麼奇特的根景。有幾個感觸特多的孩子，不但連聲讚歎，且不時的用他們那久握書筆的小手，去觸摸這些根鬚，看得出來，根鬚們那蠕蠕而動的長勢也會順著隻隻小手傳達到這些孩子們的身上，讓他們領受生命的力量與生命的意義。

孩子們隨著家人走進一處雜樹林中，驚得林鳥振翼亂飛。鳥的種類很多，有大的，有小的，有單色的，有彩色的；有的不吭不響舉翅就飛，有的喳喳幾聲才拚命逃跑。城居的稚童，固然不識農事不識林事，禽鳥之事識得的也不甚了了，因此，一看到這種情形便樂極了，有的指著飛鳥猛喊鳥的名字，有的望著林叢尋覓新的鳥影，小小的臉龐上所凝聚的，是喜悅，也是驚奇；是興奮，也是滿足。他們怎麼也沒有想到，在這樣的山林裡會發現了鳥的莊園；他們怎麼也不相信，一處山林裡所裝納的鳥類，遠超過他們在許多書本與許多報章上所看到的。

對於這些城市孩子來說，山林實在是一處美妙的世界，短短的時光裡，他們不但為玉米而驚，為筍芽而驚；不但為根鬚而喜，為禽鳥而喜，山林中的花草樹木蝶影水聲，都為他們製造了新奇感。其實，他們在這裡所能接觸到的，只不過是動植物中的一小部分，如果翻開山上的泥土，誰曉得裡面會包蘊著一些甚麼呢？

山林，山林，玄機多著呢！

73.8.14「中央副刊」，後入選：

附註：

一、《中副散文選》第五輯〈？〉

二、《中副50年精選》散文卷六（88.2.）

茶田青青

入山不久，便是漫野的茶田了。

茶田就著山勢，朝向四方迤邐而去，山野漫漫無盡頭，而大小不一長短無定的茶田，也就一塊接一塊，一片連一片的，無邊無涯的蔓蔓衍衍，那種氣勢，是什麼力量都無法阻擋得住的，即使是山崖或澗谷，也不例外。

這是一片山地丘陵，忽陡忽斜中，難有一片平直的坡野，因此，所有的茶田幾乎都是起起伏伏著，而那些生性就喜歡這種格調的茶樹，也就樂於這種生活，是以，看上去並不怎麼出色的田畝裏，茶樹卻青綠無比壯旺無比，即使是一個小小的田角，或是一處狹窄的山窩，也總是有幾棵茶苗在那裏站立著，站成簇簇青翠，站成叢叢紛繁，誰會想到，青茶的生命力，竟然會如此的韌韌昂揚呢。

茶樹是杯茗的原始，也是飲習的最初，對於一個茶識貧乏的人來說，一看到這種茶情茶景，必然會為之心動，情急時，便會在茶叢中竚立下來，細細的看看，一棵茶樹是怎樣生長的，一棵茶樹是怎樣生活的；也細細的看看，一片茶葉或是一個茶芽是怎樣香醇起來的。這個時候便會倏然想起，昨晚上的那一壺清茗裏，也許就有來自這片山野中的茶芽茶心罷，要不，怎會那般的香醇，那般的芳香，那般的讓人久久不願失杯！

茶葉，實在是植物類族中的佼佼者，就憑它們那小小的存在和澀澀的清香，就發展成為茶道茶經甚至茶文化茶藝術了，這是其他植物所辦不到的，即使是咖啡樹，也沒有它的這種魅力。至於其他的樹族樹類，就更不必談了。

懷著對幾片茂綠茶田的美好印象繼續前行，蜿蜒的途程裏，左是茶田，右是茶田，前前後後也是茶田，哇！好一片青綠壯旺的茶區。剛才的一陣大雨，不但沖洗了路面，也沖洗了每一片茶葉，新晴的陽光照在晶瑩的葉片上，清明亮麗，熠熠生輝，更是顯得生機勃勃，茶意深濃。禁不住茶田茶樹茶葉的誘惑，再度在一處茶田的邊緣駐足，這一次，我不但看清了一棵茶樹的身世，而且，還從每一片明亮的茶葉上，嗅到了茶的芬芳，看到了飲者的姿容。

幾年之前，被某處茶田感動得受不了的時候，曾經形容它是由整齊加非整齊，秩序加非秩序所蛻變出來的一種參差美，當我看了這片山野中的茶田時，這種感覺自然也會立即湧出，而且，更為強烈。

附註：

74.4.29《中央副刊》〈風景滿山〉中的一節，全文收進《綠野飛花》（77.1.黎明）。

另被收入：

一、《七十四年散文選》（75.1.1九歌）、（全文）

二、《台灣散文選粹》上（77.8.湖南文藝）、（全文）

三、《中國著名散文背誦百篇》（1996.5.北京晨光）（全文）。

釀綠的林野

春花忙著綻放，春霧忙著湧動，而春天的林野呀！也並不是閒著玩的，它也是在忙碌著，忙著釀造新綠。對於大地來說，這是很重要的，因為，經過秋的折騰和冬的蹂躪之後，去年的青綠已經憔悴得不成樣子，要是沒有新綠來飼餵，大地將會極度飢餓。

釀造翠綠的責任，是由原野上所有的草草木木來承擔的，在這個時候，可以看得出的是，沒有那一根枝柯或是那一片莖葉肯於偷懶。高山上的紅檜和長街上的古榕，都在忙著為自己塑造一個翠綠的身軀，就是那路旁的一株小草或深谷中的一棵野花，也在忙著為自己裝飾一張青翠的容顏，因為它們知道，一個青翠的世界應該是由大家共同來創造的，如果有一條枝柯要偷懶，這個世界就會留下一個枯萎的瘡疤，而這片原野呀！也就無法綠得純真，無法綠得徹底。

就因為如此，所以當大地上的林木們忙著釀造青翠的時候，我們就會看到，一群群焦灼的芽兒們，站在枝頭上不停地跳躍著，想盡了辦法使自己那段黃嫩的過程緊縮得短短的，很快的便成為一片充滿活力、流滿生機的綠葉。且洋溢著一股滿足的愉悅，滿足於自己終於能在這片青翠的原野上擔當了一個，釀造翠綠的角色。我曾經去觀察一個嫩芽如何成為一片綠葉，這其間，細柔的葉脈便成為一種重要的動力，因它那尖尖的觸鬚，蚯蚓鬆土般的，在高低不平的葉面上鑽動著，沒出幾天，一片綠葉便形成了。

如果在所有的草木們都忙著釀造翠綠的日子裡跑到原野上去靜靜諦聽的話，便可清楚的聽到芽葉兒生長的聲音，沙沙！沙沙！響個不停。甚至連樹枝和草莖生長的聲音也可以聽得出來。當然，這個時候，被深埋在地層下面的那些根鬚，一定也是不會袖手旁觀的，一定也會開始它們的鑽探，因為，對於它們來說，鑽探就是生活。

就這樣，在所有的林木所有的花草共同的努力下，濃濃的青翠便以一種澆潑的姿勢綠了過來，一直綠向漫漫天涯，於是，一個新的綠野便告誕生。在我的觀察下，總覺得，這種濃濃的青翠不但染綠了原野，也染綠了一些日子。

當我面對著這浩浩綠野時，就會回憶起這片翠綠在成長的那段艱苦過程。因為那個肅殺的冬天，通常是不大捨得放棄這片原野的，在青嫩的翠綠追趕之下，有時候它放棄了一片山林，卻又去固守住另外一片田野，當它連那片田野也守不住了時，也會跑到一棵青楓上去賴上幾天，因此，為了驅逐這個頑強的冬天，這些翠綠一直就不斷的追撞，直到冬的影子消失之後才肯停歇下來，迎接濃蔭遍野、蟬聲高唱的夏天。

附註：

64.5.13《聯合副刊》，為〈春之舞〉系列短文之三，其他二文是〈搶著綻放的花朵〉、（5.10）、〈漫漫白霧〉、（5.12），共約三千字，後收入《鄉景》和《張騰蛟自選集》。

再收入部編《國中國文教師手冊》（四），作為朱自清〈春〉文的「類文」範例。

附錄

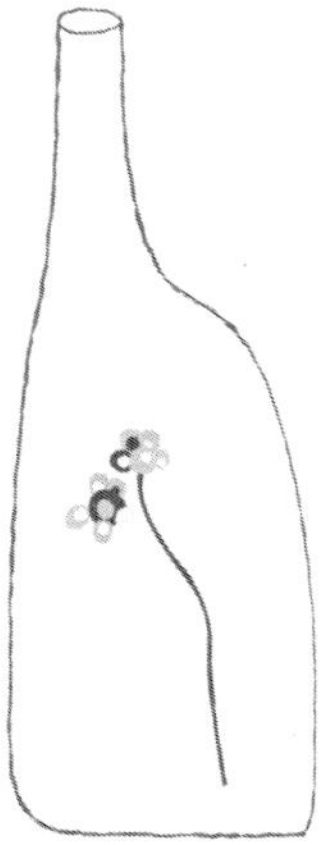

詩香源遠復流長
——兼為少數常見舊詩句尋找出處

1

經過半世紀多的奮鬥與掙扎，我們的新詩終於挺直了身子，也有了適當的地位和評價，然而，它畢竟沒有力量在社會上作更健全的發展，沒有力量像舊詩——特別是唐詩那樣廣為流傳。我深深感到，舊詩的時代雖然距離我們越來越遠，而舊詩的力量卻越來越接近我們，越來越走進了我們的生活；我們雖然很難看到舊詩的朗誦會或是座談會，以及其他方面的活動，可是，我們卻常常看到一些舊詩的佳句，昂昂然然的成為一本書的名字，成為報紙主要新聞的標題，或者，成為一篇文章的篇名、一幅畫的畫名、一部影片的片名，除此之外，我們也可以在許多的白話文中看到它們的容貌；在許多的對話中聽到它們的聲音。而引用它們的，很可能是一個現代詩人、現代畫家、現代小說家，或是一個從事其他行業但卻具有現代文學修養的現代人。站在現代的立場上，對它們也許有一種排斥感，可是，我們卻很難脫離它們，在文風日盛的現代裏，知道余光中、洛夫、楊牧、鄭愁予或者瘂弦名字的人一定不少，而熟記李白、杜甫、白居易和王維的人，為數更多。余光中等人與我們正生活在同一個世界裏，李白他們卻已經埋骨千年了，這些人的作品，在歷經千年以上的風吹雨打和冰霜雪凍後仍然一路芬芳下來，一直芬芳到我們的面前，不是一件容易的事情，這裏面是存在著一些玄機和一些奧意的。

2

一個過文學生活或是文藝生活的人，幾乎每一個時刻都會接觸到一些舊詩的佳句，遺憾的是，往往不知道這些佳句的出處，碰到這種事情時，便有一種愧對古人的感覺。近來閒暇較多，便抽空重讀唐詩，順便再探一探這些常見佳句的源頭，不但又嗅到了它們的芬芳，也重新認識了它們的面目，覺得益加親切，更為感人！

・棄我去者，昨日之日不可留；亂我心者，今日之日多煩憂——李白〈宣州謝朓樓餞別校書叔雲〉。這首詩中的另外兩句「抽刀斷水水更流，舉杯消愁愁更愁」，知名度更高，被今人引用的機會也很多。

・舉杯邀明月，對影成三人——李白〈月下獨酌〉。這首詩流傳極廣，其中「行樂須及春」等句，常被引用。

・當君懷歸日，是妾斷腸時——李白〈春思〉。這首詩裏的「春風不相識」句，很容易看到。小說家朱西甯就曾經用它來作為一部長篇小說的題目。

・但見新人笑，那聞舊人哭——杜甫〈佳人〉。

・千秋萬歲名，寂寞身後事——杜甫〈夢李白〉。

・長安一片月，萬戶擣衣聲——李白〈子夜秋歌〉。

・欸乃一聲山水綠——柳宗元〈漁翁〉，上句是「煙消日出不見人」。這是一個傑出的句子，到處可見。

・千呼萬喚始出來，猶抱琵琶半遮面——白居易〈琵琶行〉。這是一首名詩，裏面自有很多名句，除千呼萬喚這兩句，還有「此時無聲勝有聲」與「同是天涯淪落人，相逢何必曾相識」等。

・少年十五二十時——王維〈老將行〉的第一句，下接「步行奪得胡馬騎」。

這句詩被引用的機率也十分頻繁，「三三集刊」裏就有，不但是一個文題，也是那一期的書名。除此之外，我們也看到它在別的地方屢屢出現。

- 蜀道之難，難於上青天——李白的〈蜀道難〉。
- 一夫當關，萬夫莫開——同右。
- 海上生明月，天涯共此時——張九齡〈望月懷遠〉。這兩句詩曾經不止一次的成為一些文章的篇名。
- 海內存知己，天涯若比鄰——王勃〈送杜少甫之任蜀州〉。
- 浮雲遊子意，落月故人情——李白〈送友人〉。
- 香霧雲鬟濕，清輝玉臂寒——杜甫〈月夜〉。
- 邊秋一雁聲——杜甫〈月夜憶舍弟〉，上接「戍鼓斷人行」。這首詩裏的「露從今夜白，月是故鄉明」，也很有名。「邊秋一雁聲」是吳念真一本小說集的名字。
- 星垂平野闊，月湧大江流——杜甫〈旅夜書懷〉。
- 飄飄何所似，天地一沙鷗——同右。其中「天地一沙鷗」句因為在六十年初曾經成為一本極為暢銷的翻譯小說（中篇）的書名，名噪一時，舉國上下幾乎無人不知。

- 行到水窮處，坐看雲起時——王維〈終南別業〉。
- 把酒話桑麻——孟浩然〈過故人莊〉。上接「開軒面場圃」。
- 輕生一劍知——劉長卿〈送李中丞歸漢陽別業〉，上接「獨立三邊靜」句。
- 鄉心新歲切——劉長卿〈新年作〉，下接「天畔獨潸然」。
- 浮雲一別後，流水十年間——韋應物〈淮上喜會梁州故人〉。其中「流水十年間」句被今人引用甚多。
- 燈下白頭人——司空曙〈喜外弟盧綸見宿〉，上接「雨中黃葉樹」。司空曙的作品不多，但是佳句不少，其〈賊平後送人北歸〉一詩中的「他鄉生白髮，舊國見青山」，在我們的現實生活中也常被人傳誦。
- 離離原上草，一歲一枯榮，野火燒不盡，春風吹又生。——白居易的名作〈草〉中的前半段，最為人們所引用者，有時是引一句，有時引兩句，有時四句全引。
- 亂山殘雪夜，孤獨異鄉人——崔塗〈除夜有懷〉。
- 鄉音不可寄，秋雁又南迴——韋莊〈章臺夜思〉。
- 莫是長安行樂處，空令歲月易蹉跎——李頎〈送魏萬之京〉。
- 總為浮雲能蔽日，長安不見使人愁——李白〈登金陵鳳凰臺〉。

・出師未捷身先死，長使英雄淚滿襟——杜甫〈蜀相〉。這兩句詩用來形容那些壯志未酬的勇士，恰當不過。

・蓬門今始為君開——杜甫〈客至〉。最容易上書上報的句子，也會在哀怨小調或流行歌曲裏出現。

・白日放歌須縱酒，青春作伴好還鄉——杜甫〈聞官軍收河南河北〉。同詩中還有兩句，也很容易在今人的文筆下重現：「卻看妻子愁何在，漫卷詩書喜欲狂。」

・獨留青塚向黃昏——杜甫〈詠懷古跡〉。

・寂寂江山搖落處，憐君何事到天涯？——劉長卿〈長沙過賈誼宅〉，其中的第二句流傳得更為普遍。

・貧賤夫妻百事哀——元稹〈遣悲懷〉。這真是一個「家喻戶曉」的句子，它已經被人們視為一句格言，看成是人類生活中的一個定律。

・共看明月應垂淚，一夜鄉心五處同——白居易〈自河南經亂，關內阻飢，兄弟離散，各在一處。因望月有感，聊書所懷。寄上浮梁大兄，烏江十五兄，兼示符離及下邽弟妹〉一詩中的名句。

・心有靈犀一點通——李商隱的名句，出自〈無題〉一詩。

・春心莫共花爭發，一寸相思一寸灰——也是李商隱的名句，出自另外一首也叫做〈無題〉的詩中。

・相見時難別亦難，東風無力百花殘——李商隱〈無題〉。

・春蠶到死絲方盡，蠟炬成灰淚始乾——同右。天下皆知的佳作，千年以來，被人引用者何止千萬次。

・神女生涯原是夢，小姑居處本無郎——李商隱〈無題〉。

・功蓋三分國，名成八陣圖——杜甫〈八陣圖〉。

・欲窮千里目，更上一層樓——王之渙〈登鸛雀樓〉。這兩句詩更是人所皆知，很容易被人引用。

・夕陽無限好，祇是近黃昏——李商隱〈登樂遊原〉。文句淺顯，詩意卻很深濃，中國人幾乎都琅琅上口。

・只在此山中，雲深不知處——賈島〈尋隱者不遇〉。這兩句詩與「不識廬山真面目，只緣身在此山中」的意境相似。

・近鄉情更怯，不敢問來人——李頻〈渡漢江〉。其中的「近鄉情怯」四字，最為人們所熟知。

・獨在異鄉為異客，每逢佳節倍思親——王維〈九月九日憶山東弟兄〉。「每逢佳節倍思親」句，連小學生都不會陌生。而該詩的第四句，也是最後一句「遍插茱萸少一人」，也常常會出現在今日報端。

・悔教夫婿覓封侯——王昌齡〈閨怨〉，名句，最常見。

・兩岸猿聲啼不住，輕舟已過萬重山——李白〈早發白帝城〉。尤以第二句更為人們所熱愛。

・落花時節又逢君——杜甫〈江南逢李龜年〉。

・野渡無人舟自橫——韋應物〈滁州西澗〉。這句詩最為近代畫家所欣賞，它常常成為一幅畫的標題。

・春城無處不飛花——韓翃〈寒食〉。常常被近人引來用作書名劇名或片名，朱西甯就曾用它來作書名。

・舊時王謝堂前燕，飛入尋常百姓家——劉禹錫〈烏衣巷〉。

・淡掃蛾眉朝至尊——張祜〈集靈臺〉。其中之「淡掃蛾眉」四字，流傳極廣。

・商女不知亡國恨，隔江猶唱後庭花——杜牧〈泊秦淮〉。名詩名句，警惕意味至濃，引用的價值很高。

・十年一覺揚州夢，贏得青樓薄倖名——杜牧〈遣懷〉。

‧坐看牽牛織女星——杜牧〈秋夕〉，上接「天階夜色涼如水」。

‧何當共剪西窗燭，卻話巴山夜雨時——李商隱〈夜雨寄北〉。

‧碧海青天夜夜心——李商隱〈嫦娥〉，上接「嫦娥應悔偷靈藥」。也是佳構，多次成為書名或劇名。

‧不問蒼生問鬼神——李商隱〈賈生〉，上接「可憐夜半虛前席」。

‧猶是春閨夢裏人——陳陶〈隴西行〉，上接「可憐無定河邊骨」。

‧多情只有春庭月，猶為離人照落花——張泌〈寄人〉。

‧等是有家歸不得，杜鵑休向耳邊啼——無名氏〈雜詩〉。

‧勸君更進一杯酒，西出陽關無故人——王維〈渭城曲〉。第二句很有悽涼意味，常常被人用來形容離情。

‧雲想衣裳花想容——李白〈清平調〉。曾經成為人們的書名，也曾經成為電視劇名與短篇小說的題目。

3

當然，我們在日常生活中所常見的舊詩句並不止這些，它們的出處都隱藏在唐詩三百以外的那些篇章中，我一時無法查考，不過，最常見的詩句多數都包括在這裏了。

在唐詩三百首裏，有一些傑出的詩篇因為佳句太多，被今人喜歡引用的句子也就多了起來，一首詩中曾經有幾個句子被廣為流傳著，那是常事。像白居易的〈長恨歌〉，其中就有「楊家有女初長成」，「迴眸一笑百媚生，六宮粉黛無顏色」，「芙蓉如面柳如眉」，「上窮碧落下黃泉，兩處茫茫皆不見」，「忽聞海上有仙山，山在虛無飄渺間」，「梨花一枝春帶雨」，「在天願作比翼鳥，在地願為連理枝」（名句中的名句，「家喻戶曉」），「天長地久有時盡，此恨綿綿無絕期」等。

像李白的〈將進酒〉，其中就有「君不見黃河之水天上來，奔流到海不復回！」，「人生得意須盡歡，莫使金樽空對月！」，「天生我材必有用，千金散盡還復來」以及「呼兒將出換美酒，與爾同銷萬古愁」等。（寫本文之前，我還看到有人把「黃河之水天上來」和「與爾同銷萬古愁」拿來當作文章的題目）。

像崔顥的〈黃鶴樓〉，全詩只有八句，其中就有六個句子是我們所常見的，那就是「黃鶴一去不復返，白雲千載空悠悠」，「昔人已乘黃鶴去，此地空餘黃鶴樓」，「日暮鄉關何處是？煙波江上使人愁」。

像杜甫的〈春望〉中，就有「國破山河在，城春草木深」與「烽火連三月，家書抵萬金」四個鏗鏘有聲名傳千載的句子。後面的兩句已經成為古典文學中的珍寶。

像李商隱的〈錦瑟〉，也有「錦瑟無端五十絃，一絃一柱思華年」，與「此情可待成追憶，只是當時已惘然」等句流傳。

像王建的〈新嫁娘詞〉，全詩四句，句句被人垂青：「三日入廚房，洗手作羹湯；未諳姑食性，先遣少姑嚐。」

柳宗元的〈江雪〉也是：「千山鳥飛絕，萬徑人蹤滅；孤舟簑笠翁，獨釣寒江雪。」最常見它為一些畫題。

唐詩裏，這種篇章很多，例證也不少，它說明了一個事實，那就是說唐詩本身具有文學價值，才能夠贏得後人的重視與喜愛，否則，不會歷經宋元明清等等的許多朝代許多年歲而輝光閃閃擺在我們的面前。唐朝有很多大事，可是，多半都已經死掉了，詩是少數的長命者，這是因為它的生命力太強，太有能力延長它的壽限。當一些傑出的句子在我們的眼前顯現，在我們的耳邊響起時，我們不能不自內心的深處裏發出了聲音，唐詩呀！你實在是了不起的。

4

今天，舊詩的流傳方式並不是靠人們的閱讀，而是靠人們的引用。我們可以清楚的看出，能夠在車喧人囂的環境中耐心讀舊詩的人並不多，而舉手抓一些舊詩句來引用的人，卻為數不少。有的是引用某首詩的一句，有的是引用某句詩的半截，也有的是一連引用幾句或引用整首詩的。由這個現象中可以看出，我們雖然過的是現代文化生活，但是，卻仍然無法擺脫舊詩對我們的影響。

前面已經略述某些詩句在我們生活中的地位，然而，並未包括那些最為我們所熟記的詩篇。如李白的〈月下獨酌〉與〈靜夜思〉，孟郊的〈遊子吟〉與陳子昂的〈登幽州臺歌〉，王維的〈相思〉與〈雜詩〉，孟浩然的〈春曉〉，賀知章的〈回鄉偶書〉，王翰的〈涼州詞〉，張繼的〈楓橋夜泊〉與杜秋娘的〈金縷衣〉等。一個對文學略有基礎的人，有誰不知道「花間一壺酒，獨酌無相親。舉杯邀明月，對影成三人……」呢！有誰不知道「床前明月光，疑是地上霜；舉頭望明月，低頭思故鄉」（靜夜思）呢！有誰不知道「慈母手中線，遊子身上衣，臨行密密縫，意恐遲遲歸。誰言寸草心，報得三春暉」（遊子吟）呢！又有誰不知道「前不見古人，後不見來者；念天地之悠悠，獨愴然而涕下」（登幽州臺歌）呢！至於「紅豆生南國，春來發幾枝；勸君多採擷，此物最相思」（相思）。「君自故鄉來，應知故鄉事，來日綺窗前，寒梅著花未！」（雜詩）。「春眠不覺曉，處處聞啼鳥，夜來風雨聲，花落知多少」（春曉）。「少小離家老大回，鄉音無改鬢毛衰；兒童相見不相識，笑問客從何處來？」（回鄉偶書）。「月落烏啼霜滿天，江楓漁火對愁眠，姑蘇城外寒山寺，夜半鐘聲到客船」（楓橋夜泊）。「勸君莫惜金縷衣，勸君惜取少年時，花開堪折直須折，莫待無花空折枝」（金縷衣）這些精短勁鍊之作，自是現代人所熟知的了。

5

我是一個「嗜好」現代詩的人，二十多年來，讀詩寫詩，推敲詩關心詩，沒有間斷過，我曾經為現代詩的被誤解而抱屈，也曾經為現代詩的發育不良而憂心，如今，我之所以以一個親現代詩的人而替唐詩說話，完全是在表現我的文學良知；我認為，文學作品如果昇華到一定程度，便只有好壞之別，而無新舊之分了，要不，現代詩人們的手裏就不會抓著那麼多舊詩的珠玉。

一個值得注意的問題是，我們在書本裏或是在報章雜誌上能夠很容易的看到舊詩的句子在那裏熠熠生輝，而卻很少發現現代詩的佳句在這些地方有個立足的地方。是我們對舊詩的感情太深濃嗎？還是因為現代詩的性格過於孤傲而不願意接近我們？我多麼希望，有那麼一天，我們現代詩的佳句也能成為一些書名，成為一些畫名，成為報紙重要新聞的標題，成為某些文章中的心臟和骨骼。我多麼希望，有那麼一天，我們現代詩的佳句夠在客廳裏的軸聯上站著，能夠在人們的嘴巴裏互相傳誦著。不過，到底有沒有那麼一天呢？

（七十一年一月八日《台灣副刊》）

仰聆金玉章

——現代詩佳句選粹與品賞

我們的現代詩，經過了三十年的成長，雖然還沒有達到花繁葉茂枝壯幹強的地步，但是，傑出的詩人還是出了不少，好的作品也屢屢可見，尤其是在創新詩的語言活潑詩的文字方面，成就更是可觀，已經成為現代文學中的一大特色，也是我們當代中國文學中的主要財富。

每次讀詩的時候，都會發現到一些精美的句子和出色的章節，輝輝煌煌的在豐富著詩的內容，感動之餘，總是會有一種不忍獨享的感覺，總是想請大家來共同品嘗。

無疑的，余光中是我們當代最有成就的詩人，中國的文字，溫溫馴馴的被握在他的右手裏，愛怎樣差遣就怎樣差遣，愛怎麼驅使就怎麼驅使，靈活駕馭，運用自如。

「放學回家／母親熱烘烘的灶頭／一縷飯香派到簾外來接我／一朵一朵／阿黃的腳印／在處女白上留多少梅花／雪／天長地久蓋住了寒假／南方／只剩下

幾口水井／北方／只露出一隻烟囪／小時候的冬夜怎麼不怕冷／四萬萬人擠一張大床／令人在長夏悠悠的島上／永綠的棕櫚下的懷念凍瘡」（摘自《白玉苦瓜》中〈大寒流〉一詩）。這段詩裏，有親情的感念，也有鄉愁的縈繞，更有國族情感的湧蕩。一些白得不能再白的單字和辭彙，被他這麼一排列，新的意義和新的價值便立即出現。「在處女白上留多少梅花」與「四萬萬人擠一張大床」這種句子，不但充滿了象徵意義，也靈活的表現了詩的技巧。余光中不愧是詩的能手，在運用文字上，他已經是最高段了。早期的是非詩句「星空，非常希臘」（〈重上大度山〉）曾經引起廣泛的批評，但是事實證明他還是最後的贏家。

在創造詩句上，余氏最擅長於對詞性的變化運用（名詞動詞形容詞互相變換），像「草重新青著青年的青青，從此地青到落磯山下」，像「南風漾起萋萋，波及好幾州的牧歌」（以上係摘自〈敲打樂〉一詩），以及「席夢思，吐魯番著我們」（〈吐魯番〉）、「一舉手便急診了我的長相思」（〈兩地書〉）、「寡慾的脂肪炙響一個絕望」（〈如果遠方有戰爭〉）等便是，在這些句組中，詞的用途變更了，詞的位置變動了，但是並沒有損害到詞句的完美，反而有一種新的美感浮了出來，增加了詩的濃度與韻味。現代詩人在變更詞的使用方法上所作的試探與努力，是值得讚揚的。

青年一代的優秀詩人作品中，也是佳句連連，他們在運用文字上顯得更加靈活，更加得心應手，句組明暢而富詩質，為我國的現代詩開創出新的風貌。

傑出的青年詩人沙穗，寫了不少的好詩，也創造了不少優美的句組，像〈血衣〉一詩中的「父親說／讀地理要先看地圖／讀歷史／要先看這件血衣」「袖子是在上海破的／領子是在廣州爛的／扣子是在瀋陽掉的／血／是在徐州／染的」「人／雖然老了／父親說／可以丟了青春／但不能丟了血衣／因為！／沾著的血／不止是他一個人的」（按〈血衣〉一詩是發表在今年三月二十九日的《聯合副刊》上，是沙穗「獻給父親的詩」之一，不過，他在今年五月號《中外文學》上所發表的〈瀋陽〉，也是被註為「獻給父親的詩之一」，沙穗這些以記錄時代脈搏為題材的詩，清新明朗，詩味深濃。

蕭蕭在今年四月十七日發表在《人間副刊》上的〈茶葉的心事〉一詩中，有一些令人擊掌叫好的句子，看起來是信手所得，事實上卻是經過了一些鍾鍊的：「皺成一團／不一定是我的本意」「從火裏來／再到水中去／也不過熬來一身苦澀」「一切都淡了！我還是沉下去又浮上來／浮上來找尋自己的臉」。蕭蕭不但精於寫，而且也長於評，因此，來自他筆下的作品，必然會在一定的水準之上。

去年六月份的《中央月刊》上，發表了青年詩人林仙龍的〈聞鷄〉，是一首描述我國近代歷史的詩，其中有這樣的句子：「北崙河以北／東北以南／北伐的步伐是一條漫長的拉鍊，掩緊你多病的胸膛」，不但比喻恰當意象鮮明，而且甚富創意，尤其是最後兩句，充滿了作者對歷史事件的感受，也把一個年輕人的愛國意識寫了進去。林仙龍年紀很輕，對歷史事件有如此的體認，實在難得。

羊令野和大荒，也是長於創句的詩人，由於他們都具有古典文學的修養，詩中常常寓有古典文學的意趣。下面是羊令野的一首詩：「一襲胞衣／十月不知寒／臍帶就是最初的牽掛／縛不住這宇宙陣陣心跳／隨著落地啼聲／讀出了生命之書的扉頁／每一個字都曾血水洗滌過的」（〈胞衣〉——五衣詞之一，原發表於《聯合副刊》上）。

下面是大荒的一些詩句：「沙灘寥敻／喧騷的海寂寂／我在冬之夕暮策落日西征／行到途窮處／僅因一聲疑似的阮籍而回顧／落日竟縱身入海／棄我在水陸接縫上／跌成八大」（〈八里海濱〉——六五年一月《創世紀》）。這八個句組中，意境新鮮但寓有古風，典故安排得很技巧，讀起來也深具音樂性和節奏感。「挑燈看劍銹／臨水照顏白／付千愁於一醉／而千醉不解一愁」「曾一僧再僧／僧僧總還俗／曾一醉再醉／醉醉都佯狂」（〈醉舟何處〉——六五年二月《創世紀》）。這些句組裏的古風更濃，且有詞味，但卻是很現代的現代詩，尤其是最後幾句中「僧」字與「醉」字在詞性上，變位使用，更增加了詩的美感。這並不是說大荒所有的作品都是這風格，像他的〈隔岸夜望永和〉（六七年一月《中外文學》）一詩中的某些句子，就是以另外的一種風格出現的，如「一排路燈悠然從側面蒼白過來／帶著倦態／不屑一顧地／飄我一眼／喔！一個窮途的路人！」這是作者對自我價值的一種謙虛，也是對生命的一種感受。

雙棲著詩和散文的菩提，常常有靈感之作。詩是一種靈感文學，靈感來的句子要比苦思來的句子富有靈氣，像他於今年五月二十一日發表在《聯合副刊》上的那首〈寒食〉，就是典型的靈感之作，裏面自然也有靈感之句，如「到此／生命已逾越了／升弧／乃今爾後／將是一路的跌停板」這裏面的「逾越」和「升弧」用得實在妥貼，而把證券市場上的名詞「跌停板」入詩，用來刻劃一個中年人對時光消逝的感受，使詩更能接近現實生活。作為一個現代詩人，不但要努力尋找新的題材，也要不斷創新表現技巧，尤其是在創造新的句組時，不妨大著膽子去實驗。

資深的詩人向明，慣於用淺白流暢的句子串詩，而且，總是把生活當作詩的礦源，拚命自日常的所見所聞中挖詩，他不會夢囈，不會玄虛，每一句子都是那麼的真實。我們來看他的〈上樓・下樓〉（六七年十一月二八日——《人間副刊》）：「上樓看老闆的慍色，或老妻的菜色／下樓看多變的天色，或行人的急色／上樓聽女同事的笑聲，或孩子的鬧聲／下樓聽電視的哭聲，加機車的吼聲」「上樓，樓高四層，十層，廿層／高聳入雲，卻一點也不與天堂比鄰／下樓，急急的下樓無非是忙著上樓／無非是，遠處的那一大片地，尚非吾有」寥寥的幾句詩裏，有嘲諷，也有無奈，我們的現實生活中，就有很多這樣的時刻。

一直都在以鄉野生活為題材的吳晟，詩風古樸清麗，真摯動人，我們幾乎可以從他的作品裏看到泥土的面貌，聽到稻禾的聲音：「沒有週末，沒有假日的母親／用一生的汗水，辛辛勤勤／灌溉泥土中的夢／在我家這片田地上／一季一季，種植了又種植」（〈泥土〉——摘自《吾鄉印象》）。「母親的臉／是圓圓滿滿的滿月／無論汗水如何浸蝕／無論陽光或寒風，如何欺凌／仍然豐潤，仍然明朗」（〈臉〉——摘自《吾鄉印象》）。吳晟的詩集《吾鄉印象》中，也有不是屬於「吾鄉」的題材，但是，寫的也很成功，〈一般的故事——給連上共事一年的資深弟兄〉就是，看看這首詩裏的一段：「當你們的懷想，幽幽湧起／我總望見／一幅美麗而憂傷的版圖／在你們為烽煙／薰了又薰、烤了又烤的臉上／紋絡出」。這段詩的內涵，與前面所述沙穗、林仙龍等人的某些詩句極為相似，都是帶有高度憂國精神的。吳晟、沙穗、林仙龍，我都沒有見過，印象裏，他們可能都是三十歲上下的「新生代」，抗日戰爭前前後後的那段多難的歲月，對他們是全然陌生的，而祖國大陸的錦繡河山，他們也是只有耳聞而未曾目睹，如今，他們居然能夠用詩來表達出這樣親切這樣熱情這樣毫無時空距離的感受，並不是容易的事，這不但要靠先天資質，也要有賴於後天的修養，這是一個普通文人所辦不到的事情。

三十年來，我們的詩壇上也出了不少的女詩人。對於寫詩，女性也許比男性更適宜，因為詩是一種感性文學，對接納外在事物撞擊的反應，女性比男性還要快速，還要敏銳，男性所感不出來的，女性都能感得出來。

女性詩人的作品，有的以溫婉聞世，有的以明快見稱，但是，極大多數的女詩人對於句組的鎚鍊都很重視。女人喜繡藝，女人善針織，注重句組的習性，大概與生俱來的罷，她們總是喜歡把詩當針線活兒來做，從不草率。

在女詩人的國度裏，早期的林泠和蓉子都有很高的成就，而近年來在寫小說之餘以玩票的姿態出現的朱陵，成就也是不凡，她尤擅長小詩，短短數行或十數行，就會完完整整的托出一個新鮮的意象來，像她的〈插花〉（六六年五月《秋水詩刊》）就是這類詩篇的代表作：「花插在瓶子裏／不得不遺棄了天空／轉而擁抱頭頂上的／灰塵／小小的心／在瓶子裏緊縮／漸漸的／喘不過氣來」這首詩，不但是生活的，藝術的，同時也是同情的，憐憫的。

近十年中以急起直追之勢而聞名於詩壇的涂靜怡，詩風雖然強調明朗，但是也不乏深具韻味的佳句佳章，如〈刨冰〉（六三年一月《秋水詩刊》）中的「我也像一名舞者／在一枚陀螺的旋轉下／舞出一座座雪山」；像〈山與石〉（六五年三月《秋水詩刊》）中的「只是我們什麼也不必說了／就這樣冷冷的對立下去／立成一部史書／一則故事／一個永恆」。

由於現代詩在早期的發展過程中受到太多的誤解，幾乎使它失去了讀者，如今，由於教育水準普遍提高，多數人都具有理解文學作品的能力，因此，現代詩的受重視將是必然的事情。如果意氣性的排斥它，是不應該的，用有限的空暇去翻閱翻閱一些詩集，亮麗的佳構會在你的眼前悠然閃出，一些輝煌的句組會讓你感到驚訝，這個時候，你的最大感覺是，太晚接觸它了，它受到太久的冷落。

（成稿於七十一年六月七日，題目是借自韋應物〈郡齋雨中與諸文士燕集〉一詩，七十一年七月十二日《中央日報晨鐘副刊》）

恩典

書是人類的友朋，書，也是人類社會中的最大恩典，舉凡人類文明的進化、生活的提昇、知識的累積、經驗的傳承，以及感情的表達與交融等等，絕大多數都要靠著書本作為媒介。因此，讀書無疑是人生的主要課題。尤其是在成長的過程中，能夠有一段完整的學程歲月，自幼稚教育起，而小學、而中學、而大學，甚至負笈於異邦異國，人生階梯般的，一級一級的踏著，攀上生命中的第一個高峰，那是多麼幸運的事情。而不幸的是，我沒有這樣，我的這段歲月，被戰爭吞噬了，被烽火燒掉了，因此，精神的肚腹總是覺得空空的，尤其是投入社會後，更是感覺到，當初在硝烟的縫隙裡所學到的那一點點東西，實在是不夠用的；不但不足以執筆為文，連一般的閱讀，都有相當程度的阻障，其中最重要也是最懊惱的，就是識字的不足，導致了錯別字連連，久久以來，自己都覺得不好意思，可是，這樣的基礎問題，怎樣才能解決呢？總不能從小學的ㄅㄆㄇ開始再來一遍吧！經過多番的思考與醒悟之後，便想到是不是要用最笨的辦法——讀讀字典的問題。

民國四十五、六年間旅次金門的時候，我這個二十幾歲的戍邊者，正被戰場的冷酷與寂寞煎熬得快要發瘋了，於是便把身邊最重要、最珍貴也最象徵我財富的一本字典，緊緊的抓在手裡，一字字、一頁頁的，認真的讀了起來，並且隨讀隨作筆記，藉以校正我以往念頭念尾念中間或是念半邊的那些錯誤。日日月月下來，把僅有的一些戰陣餘暇，都交給我心愛的字典。

越讀越有興趣，越讀越覺得自己的淺薄，越讀越覺得啊，字典是一個知識的泉源，有取之不盡的滋補我的乳汁；字典也是一座豐富的倉稟，有用之不竭的飼餵我的米糧。

然而，那畢竟是個戰地，畢竟是有許多許多身不由己的地方，身不由己的時候，因此，每當勤務負荷過重，戰情的壓力過強，或者是個人情緒低潮的時候，也曾經有過半途而廢的念頭，為了這個念頭，曾經作過多次的掙扎，最後的想法是，讀字典不同於做別的事情，它是讀一字得一字，讀一頁賺一頁，沒有風險，只贏不輸。如果受環境和條件的限制，真正讀不下去的時候再說。在這種自我安慰兼以自我壓逼的情形下，終於把它粗略的讀了一遍。在閱讀的過程中，的確是遇到一些困難和痛苦，但是卻受益多多。

當然，由於秉賦的條件不足，沒有可能把過目的每一個字都記得，不過，我的確自這次的閱讀裡認識了許多生字，這對我以後的讀書和寫作，幫助極大。而更重要的是，它幫我發現並糾正了過去所犯的許多錯誤。例如在此之前，我一直都在說「龜（規）裂」、一直都在「造詣（旨）」、一直都在說「鏖」（鹿）戰」、一直都在說「鮪（尤）魚」。也一直都在不知臉紅的唸成「臀（殿）部」、「斡（幹）旋」、「餓殍（孚）」、「叵（區）測」、「陰霾（里）」、「瑠公圳（川）」。沒想到，全唸錯了。

此外，像是「候侯」之分、「葺茸」之別，以及「壺壼」、「拼拚」、「嬴羸」、「鼓豉」、「粟栗」、「啄喙」等這些容易混淆的字，也是它告訴我的正確答案。

我想，唸別字是人人都難免的事情，直到現在，我還聽到有人在「罰鍰（元）」、在「鞭笞（台）」、在「酗（凶）酒」、在「分娩（晚）」、在「樂（勒）山樂（勒）水」、「暴殄（珍）天物」；甚至還在「樂（勒）某某」「尉（韋）某某」呢！

讀字典，這已經是四十多年之前的事情了。在以後的這些年歲裡，我仍然是經常的在查字典翻字典，一方面在繼續吸收新字，一方面讓它繼續改正我的錯誤，因此我常想，多年以來，我雖然讀了若干本書，但是受益最大的，就是字典了。所以，不論從甚麼立場或角度來說，它，實在是我生命中的最大恩「典」。

（八十七年三月二十日《中華副刊》）

張騰蛟著作書目

序號	作品名稱	類別	出版社	出版年月
一	海外詩抄	新詩集	黃埔出版社	四十九年六月
二	菩薩船上	短篇小説集	台灣商務印書館	五十七年十一月
三	一串浪花	散文集	東海出版社	六十年十月
四	向陽門第	小説散文合集	東海出版社	六十年十月
五	一年五季	翻譯小説書摘	黎明文化事業公司	六十一年六月
六	鄉景	散文集	水芙蓉出版社	六十五年三月
七	海的耳朵	散文集	聯亞出版社	六十五年九月
八	我愛山林 我愛原野	散文集	聯亞出版社	六十六年十月

九	張騰蛟自選集	詩、散文、小說、評論	黎明文化事業公司	六十七年六月
十	繽紛季	散文集	水芙蓉出版社	六十八年七月
十一	鄉野小集	散文集	林白出版社	六十九年十月
十二	芬芳事	勵志小品	黎明文化事業公司	六十九年十月
十三	原野之歌	散文集	聯亞出版社	七十年四月
十四	青青大地	散文集	水芙蓉出版社	七十年六月
十五	壇坫健者	傳記（王正廷傳）	近代中國出版社	七十二年八月
十六	走在風景裡	散文集	水芙蓉出版社	七十三年一月
十七	墨廬雜記	散文集	鳳凰城出版公司	七十三年七月
十八	使於四方	傳記（蔣作賓傳）	近代中國出版社	七十三年十二月
十九	綠野飛花	散文集	黎明文化事業公司	七十七年一月
二十	文學 藝事外交	傳記（葉公超傳）	近代中國出版社	七十七年六月

廿一	溪頭的竹子	散文選集	文經社	七十八年十二月
廿二	時間之流	詩集	聯亞出版社	八十四年十一月
廿三	結交一塊山野	散文集	文經社	九十年九月
廿四	魯蛟短詩選	中英對照詩選集	香港銀河出版社	九十一年六月
廿五	舞蹈	詩集	爾雅出版社	九十九年二月
廿六	筆花——張騰蛟散文選（一九七三—二〇一〇）	散文集	秀威資訊	九十九年八月

另：99.2.與張默、辛鬱合編《文協60年》一鉅冊（普音文化出版）

語言文學類　PG0434

筆花
——張騰蛟散文選（1973-2010）

作　　者 / 張騰蛟
責任編輯 / 孫偉迪
校　　對 / 張騰蛟　林煥彰
圖文排版 / 鄭佳雯
封面設計 / 陳佩蓉

發 行 人 / 宋政坤
法律顧問 / 毛國樑　律師
出版發行 / 秀威資訊科技股份有限公司
114台北市內湖區瑞光路76巷65號1樓
電話：+886-2-2796-3638　傳真：+886-2-2796-1377
http://www.showwe.com.tw
劃撥帳號 / 19563868　戶名：秀威資訊科技股份有限公司
讀者服務信箱：service@showwe.com.tw
展售門市 / 國家書店（松江門市）
104台北市中山區松江路209號1樓
電話：+886-2-2518-0207　傳真：+886-2-2518-0778
網路訂購 / 秀威網路書店：http://www.bodbooks.tw
國家網路書店：http://www.govbooks.com.tw

2010年8月16日　BOD一版
定價：290元

國家圖書館出版品預行編目

筆花：張騰蛟散文選（1973-2010）/ 張騰蛟著.--
一版. -- 臺北市 : 秀威資訊科技, 2010.08
面； 公分. -- (語言文學類 ; PG0434)
BOD版
ISBN 978-986-221-591-3(平裝)

855 99016523

讀者回函卡

感謝您購買本書，為提升服務品質，請填妥以下資料，將讀者回函卡直接寄回或傳真本公司，收到您的寶貴意見後，我們會收藏記錄及檢討，謝謝！

如您需要了解本公司最新出版書目、購書優惠或企劃活動，歡迎您上網查詢或下載相關資料：http:// www.showwe.com.tw

您購買的書名：______________________________

出生日期：_________年_________月_________日

學歷：□高中（含）以下　□大專　□研究所（含）以上

職業：□製造業　□金融業　□資訊業　□軍警　□傳播業　□自由業

□服務業　□公務員　□教職　□學生　□家管　□其它_____

購書地點：□網路書店　□實體書店　□書展　□郵購　□贈閱　□其他

您從何得知本書的消息？

□網路書店　□實體書店　□網路搜尋　□電子報　□書訊　□雜誌

□傳播媒體　□親友推薦　□網站推薦　□部落格　□其他__________

您對本書的評價：（請填代號　1.非常滿意　2.滿意　3.尚可　4.再改進）

封面設計____　版面編排____　內容____　文／譯筆____　價格____

讀完書後您覺得：

□很有收穫　□有收穫　□收穫不多　□沒收穫

對我們的建議：______________________________

____

____

____

請貼
郵票

11466
台北市內湖區瑞光路 76 巷 65 號 1 樓
秀威資訊科技股份有限公司 收
BOD 數位出版事業部

（請沿線對折寄回，謝謝！）

姓　　名：____________　年齡：________　性別：□女　□男

郵遞區號：□□□□□

地　　址：________________________________

聯絡電話：(日) ____________ (夜) ____________

E-mail：________________________________